偽典・演義

～とある策士の三國志～

giten engi

伍 5

目次

第二章　反董卓連合

特別読切

偽典・演義
～とある策士の三國志～

giten engi

伍 5

主な登場人物紹介

李《り》儒《じゅ》
?（１６５年）～１９２年

本作の主人公。元は現代日本のサラリーマンだったらしく、１６５年に弘農郡の名家に生まれた李儒に転生する。後の大将軍・何進の部下になり、何進の暗殺後は弘農に隠遁し、陰で董卓らを操る。またの名を「諸悪の根源」。

董《とう》卓《たく》
?年～１９２年

『三国志』の正史や『三国志演義』では典型的な悪人、暴君として描かれているが、本作ではけっこう思慮深く、李儒の策に乗って出世を果たしている。熊並みの巨体で、見た目は怖いが、孫娘の董白を溺愛している。

荀《じゅん》攸《ゆう》
１５７年～２１４年

子どもの頃から才覚溢れる、というか目端の利いた性格で、何進が全国から招へいした名士20人の１人として大将軍府に出仕して、李儒の同僚となった若き俊英。後に董卓暗殺を画策したり曹操の参謀になったりと、切れ者のくせにわりとお騒がせな人物。

袁《えん》紹《しょう》

？〜２０２年

名門・汝南袁家出身のお坊ちゃん。本家『三国志』では実力者として描かれているが、本作では名門を鼻にかけるが器量に乏しい薄っぺらな人物。何進を宮中で謀殺し、洛陽を出奔。反董卓連合のトップにたつものの、諸侯を束ねる力量は不足している。

曹《そう》操《そう》

１５５年〜２２０年

袁紹と同じく名門の出身で、史実では董卓の暗殺を謀り、洛陽を脱出して反董卓連合に加わった。口先だけで実行力の伴わない人間が多い連合軍の中では、孫堅とともに董卓軍と実際に戦ったことのある数少ない人物。

呂《りょ》布《ふ》

？〜１９８年

趙雲、張飛とともに、『三国志』の中の誰がいちばん強いかコンテストで、必ずビッグ３に選ばれるつわもの。ただ恩人の丁原を殺害するなど、人としてどうよ的な行動を生涯にわたって繰り返す。美女・貂蝉《ちょうせん》にメロメロという純情派の一面も。

董《とう》白《はく》

１７６年以降〜１９２年？

長安へ遷都した時に、まだ15歳になっていなかったにもかかわらず領地を与えられるなど、祖父・董卓が愛してやまない孫娘。小柄だが気が強く、ツンデレ系お嬢様ではあるが、乗馬、武術を一通りこなすなかなかの女傑である。

偽典・演義

~とある策士の三國志~

giten engi

伍5

関連年表

189（中平6）年9月	後宮に参内した何進が暗殺される。
	何進の死後、洛陽に入った董卓が実権を握る
190（初平元）年1月	袁紹を中心に反董卓連合結成
2月	長安に遷都
	董白が董卓により渭陽君に封ぜられる
191（初平2）年2月	反董卓連合の孫堅が董卓軍を破る（陽人の戦い）
	袁紹の反董卓連合が董卓軍と虎牢関で激突（『演義』で描かれた架空の戦い）
6月	反董卓連合、洛陽へ入城
	洛陽で大火
	反董卓連合、洛陽で解散
	袁紹、冀州の韓馥の下へ
10月	曹操、陳留を実効支配。その後東郡の太守に任命される
11月	**董白が弘農へ入る**
	袁紹、冀州牧の地位を韓馥から奪取
	荀彧が曹操の配下となる

192（初平3）年1月

公孫瓚の下を劉備が訪れる

＊太字は小説内で起きたフィクションです。

前巻までのあらすじ

袁紹を中心に反董卓連合が結成される中、
曹操は董卓に命じられ反董卓軍に合流し、ナンバー2になる。
一方董卓のもとへ弘農に隠棲する李儒からの使者が到着、
洛陽から長安へ遷都すると告げられる。董卓も反董卓連合も、
すべて李儒の手の中で踊らされているのであった。
そして初平二（西暦一九一）年六月、反董卓連合軍が洛陽に進攻した夜、
火災が発生。消火のために家屋を破壊した連合軍だったが、
それが洛陽を破壊したという悪い噂となってあちこちに広まった。

偽典・演義
~とある策士の三國志~

giten engi

伍5

第二章　反董卓連合

二五　北を駆ける白馬の現状

一

白馬長史こと公孫伯珪《こうそんはくけい》。史実に於いて袁紹《えんしょう》に敗れた群雄として知られる男であり、界橋の戦で袁紹に敗れるまではその武勇で以て華北に一大勢力を築いていたことで知られる男である。そんな彼には、史実よりも早く昇進している他にも大きな差異があった。

それは劉虞《りゅうぐ》と敵対関係に無いことだ。

これに関しては未来知識のあるどこぞの腹黒が、袁紹《何進の仇》の天敵とも言える存在である公孫瓚《さん》を最大限に活用するために、張純の乱の初動で無双した公孫瓚の名が広まった時から仕込んでいた色々な備えが実を結んだ結果である。

そもそもどこぞの腹黒は公孫瓚が袁紹に敗れたのは『皇族である劉虞を殺した』という、儒教的な禁忌を犯した為だと考えていた。

その為、公孫瓚が劉虞を殺さなくて済むようにするためには何が必要かと考え、まずは対立を引き起こさないことが重要だと結論付けた。そのためにどうするかを色々考えた結果、彼らの対立の元凶となった契機が『烏桓《うがん》の丘力居《きゆうりききよ》が劉虞に降伏したことである』と判断し、それに対処することにしたのである。

これについては張純の乱が発生した際に軽く述べていることだが、張純の乱の初動で公孫瓚に鎧袖一触で蹴散らされた丘力居は、早い段階から漢帝国への降伏を視野に入れていたと思われる。しかし張温《ちようおん》や公孫瓚からしたら『負けたから降伏します』などと言われても当然納得は出来ないだろうし、そもそも彼らには降伏を受け入れる権限もなかった。

また漢帝国としても、叛乱を起こした連中を簡単に許すようでは統治に問題があると見られるし、当時の中央《洛陽》では宦官や名家が張温の足を引っ張る為に画策している真っ最中であった。このような背景事情があったので、中央でも張温の手柄となるような烏桓の降伏を認めることはせず、丘力居に賛同して乱に参加した者達は張温や公孫瓚との戦いを余儀なくされてしまう。

張温と公孫瓚としては、洛陽の連中が横槍を入れて来る前に烏桓を覆滅できればそれで終わった話だったのだが、流石《さすが》に数万程度の官軍ではそこまでの戦果を挙げることは出来ず、結局北方での戦は時に勝ち、時に負けるような泥仕合情勢に移行しつつあった。そしてこの状況になるのを待っていた宦官と名家の連中により張温が左遷されると、後任として劉虞が赴任することになる。

その劉虞には、彼自身が皇族という立場にあったことに加え乱を長引かせていた要因、即ち『張温を蹴落とす』という政治的な目的を達成した洛陽の俗物共から、早急に乱を平定するためという名目で白紙委任状が与えられていた。

元々張温と俗物の足の引っ張り合いに関与していなかった劉虞は、着任すると同時に現場で戦っていた公孫瓚を無視して丘力居らに対して懐柔工作を行ってしまう。

工作を受けた丘力居は、元々降伏を望んでいたところに『向こうの皇族から頼まれた』という絶好の口実が齎《もたら》されたことで、すぐさま劉虞に従うことを宣言する。

これに対して不満の声を上げたのが公孫瓚である。

彼は今まで散々『向こうの降伏は認めない』と言われていたからこそ、厭戦《えんせん》気分に有った部下を叱咤し、少ない資財をやりくりして烏桓と戦い続けてきたのだ。それなのにこうして皇族が赴任したと同時に方針転換を行われては、今までの戦いはなんだったのかという話だ。当然彼も彼の部下も納得できるものではない。

彼らの価値基準からすれば、劉虞や洛陽の動きは『自分たちを蹴落としつつ、金も払っていなければ血も流していない皇族に手柄を立てさせるための茶番』と思っても不思議では無い。

その為、史実に於いて公孫瓚は、丘力居の使者を殺したり、劉虞からの使者を足止めしたりと、様々な妨害工作を行い漢朝と烏桓の戦を継続させようとした。

このまま丘力居らの降伏が認められれば、その功績は全て劉虞のものになってしまうからだ。

元々公孫瓚らが追い込んでいたとはいえ『着任して数か月で乱を鎮めた』という功績は皇族の名を上げるにはこの上ない実績となる。よって中央は公孫瓚や張温のことなど一切触れず、劉虞の徳を褒め称えることになるだろう。

そうなった場合、公孫瓚は張温同様に『無能』の烙印を押され、褒美どころか叱責を受ける可能性が高い。故に彼の立場では交渉の邪魔をしなければ自己の安全を保てなかったし、配下を納得させることができなかったのだ。

しかしながら、そういった現地の事情を知らない劉虞からすれば、公孫瓚の行動は我欲を満たす為の行動にしか映らなかった。結果として公孫瓚と劉虞との間には深い溝が出来てしまい、両者が争うことになってしまう。

勝者は当然圧倒的な武力を擁していた公孫瓚なのだが、そこで彼が劉虞を殺してしまったことで配下の士大夫層が公孫瓚の犯した『皇族殺し』を忌避するようになってしまう。

これが袁紹や彼に仕える幕僚たちにとって付け入る隙となってしまう。

皇族殺しの事実と袁紹陣営の工作によって文官集団を組織する士大夫層に背を向けられた公孫瓚は組織運営に失敗し、精鋭部隊の維持も不可能となり、最終的には袁紹の物量に敗れることになった。

まぁ公孫瓚の凋落《ちょうらく》に関しては、他にもいろいろな理由が有るのだが、最初の誤りは劉虞を殺したことだと言っても良いだろう。

故にどこぞの腹黒は、劉虞と公孫瓚の不仲を引き起こさないようにするため公孫瓚に大量の物資を送ったし、ことあるごとに『劉虞の徳もあるが、そもそもは公孫瓚の働きがあったからこそ丘力居は漢の怖さを認識し、大人しく降《くだ》ったのだ』と、その功績を讃えて彼を昇進させたのだ。

こうして正当な評価を受け、最大の懸念である『無能の烙印を押されて左遷される』という可能性も無くなり、さらに配下に褒美を出せるだけの物資の提供を受けたことで劉虞の方針に反対する理由がなくなった公孫瓚は大人しく丘力居の降伏を承服した。さらに表面上ではあるものの、劉虞を立てるだけの余裕ができた。

どこぞの腹黒曰く『金持ち喧嘩せずの法則』が証明された瞬間である。

もしも公孫瓚が劉虞を仮想敵としていたなら、劉虞の味方をするであろう連中への警戒の為、多少人間性に問題があったとしても劉備を配下に加えようとしていたかもしれない。

しかし、現状公孫瓚にとっての敵は張純の乱に参加した賊の残党のみ。故に今の彼には人間性に目を瞑ってまで組織を混乱させる存在でしかない劉備を幕下に加える理由はない。

ならばさっさと捕えて長安に送れば良いのだが、公孫瓚には一つの懸念が有った。

「俺たちが動かなくても、反董卓《とうたく》連合に参加した連中が俺達を敵視する可能性が有るだろ？」

「……確かに」

彼らは洛陽から何も得ることが出来ずに撤退している。

当然費やした戦費は補充する必要が有るし、将兵の不満の解消も必要だ。

その標的となるのは当然、連合に参加しなかった諸侯となるだろう。

「ま、俺に関しては問題ねえ。烏桓との無駄な戦も終わり、褒美もしっかりと分配出来たから内部の不満も……無いとは言わねぇが随分と軽減された。今なら誰に喧嘩を売られても返り討ちに出来るだろうさ」

貰えるものは貰ったが、やはり幽州の軍閥の諸侯の心の中には多かれ少なかれ『劉虞が横から手柄を掠《かす》め取った』という思いが残っているのは否定できない事実である。

実際に公孫瓚にもその気持ちは有るのだから、配下に「そういった気持ちを持つな」とは言い辛いモノがある。

だがしかし、不満が燻っているからこそ、向こうから喧嘩を売って来てくれたなら容赦なくその不満を叩き付けてやることが出来るとすら考えているので、公孫瓚としてはむしろ「来るなら来い！」といった感じだったりする。

「そうですな。しかしそれでは劉備とやらは邪魔になりませんか？」

折角纏《まと》まりつつあるところに異分子が入り込むのだ。一矢乱れぬ統率を必要とする騎馬隊を率いる身としては、そんな輩は引き入れずに牢獄に繋いだ方が良いような気がしてならない。しかしそもそもの話、公孫瓚は劉備を懐に入れる気など毛頭無かった。

「アイツは州の境や最前線の県に送り込むつもりだ」

「最前線、ですか？　……それこそ何かあれば拙《まず》いのでは？」

太史慈が言うように、何かあったら拙いどころではない。なにせ最前線に派遣するということは、劉備が敗れたら敵が領内へ侵入するということだからだ。

孫子を始めとした数多《あまた》の兵法書に於いても自領で戦うことは愚策と戒められていることを考えれば、都督である公孫瓚はその可能性を排除する為に動くべきであり、わざわざ信用できない人間を配置して危険度を増すようなことをすべきではない。よって太史慈の意見はこの時代における常識といえよう。

当然公孫瓚とてそのくらいは理解している。理解した上で劉備を最前線に送り込む心算《つもり》なのだ。

「はっ。その『何か』ってのが『劉備が負けて殺された』だの『劉備が寝返った』なら最高なんだがな」

「それは……あぁ、そういうことですか」

公孫瓚としては、自らを頼って来た者を捕らえて殺すような真似は極力したくない（名が落ちるから）。

しかし敵に殺されたなら話は別だ。

賊に目障りな悪ガキを殺して貰えた上、相手に『属尽《ぞくじん》殺し』の汚名を着せることが出来るなら何の問題も無い。

もし劉備が寝返ったなら？

その場合はたとえ属尽であっても『信用して要衝を任せたのに！』と不義理を糾弾して、処刑することもできる。どちらにせよ一時は領内に敵を引き入れることになるが、董卓軍と連合軍の戦を見れば分かるように、中原の軍勢が涼州や幽州の精鋭と戦う為には相当な準備が必要となる。

それらを考慮した結果、公孫瓚は向こうに地の利を握られている場合なら万が一の敗北が有るかもしれないが、幽州というこちらが地の利を握っている場での戦になったのであれば、一部で負けることはあっても最終的には必ず勝てるという確信があった。

だからこその要衝に劉備を派遣するという賭けに似た決断ができるのだ。

「ついでに言えば援軍要請に応えやすいだろ？」

反董卓連合に参加した諸侯が公孫瓚に喧嘩を売らずとも、他の諸侯を襲おうとする可能性もあるのは確かだ。そして襲われた方が援軍を要請してくる可能性も有るだろう。

その際の援軍として劉備を使う。

実際の評価はともかくとして、表面だけを見た場合、公孫瓚にとって劉備は同門の徒であり、要衝を任せるに足ると信用している弟分となる。そのうえ属尽という社会的な立場も有るのだから、公孫瓚の名代として派遣するのに何の不足も無い。つまり公孫瓚は劉備を使うことで子飼いの将帥の消費を抑えることが出来るわけだ。

そして何事も無さそうなら捕らえて長安に送れば良いだけの話である。

「……散々な扱いですね」

苦笑いを浮かべる太史慈も、すでに劉備の評価を『下衆《げす》』と認定しているので、まだ見ぬ劉備に同情をしているわけでは無い。ただ公孫瓚と言う人間に対する評価が『知り合いすらも切り捨てることが出来る群雄である』と修正されただけだ。

「はん。奴は俺を利用する為に幽州に来るんだ。なら自分も俺に利用される可能性くらい考慮しているだろうよ」

「それもそうですな」

公孫瓚の口から発せられた当たり前すぎる程に当たり前の主張には、さしもの太史慈も頷くしかない。劉備が『幽州の兄ぃ』と呼ぶ男を腰かけにするつもりなのか、はたまた踏み台にするつもりなのかは不明だが、どちらにせよ彼が望む結果になる可能性は極めて低いのは確かであろう。どこぞの腹黒の干渉により、いまだ頭角を現すことなく各地を放浪する大徳は、静かにそして確実に追い詰められていた。

二

初平二年（西暦一九一年）九月　幽州広陽郡・薊《けい》

この日、公孫瓚は幽州牧である劉虞に呼ばれ、幽州刺史が治府を置く薊を訪れていた。

「おぉよく来てくれた。わざわざ呼び立ててすまんな」

本来なら皇族であり幽州牧でもある劉虞は部下である公孫瓚を呼び出したとしても謝罪する必要は無いのだが、敢えて謝意を告げることで公孫瓚の自尊心を擽《くすぐ》ることとしていた。

何故か。それは何も知らずにいた史実と違い、今の劉虞はどこぞの腹黒から張純の乱における裏事情を聞かされていたからだ。

自分が意図したことでは無いとはいえ、結果として自分の行いが公孫瓚を始めとした幽州軍閥の顔を潰していたことを理解していた劉虞は、幽州牧として彼らの上に立つことになった今でも彼らに対して気を配ることを忘れていないのである。

……着任前にどこぞの腹黒から『逆恨みで殺される可能性もあるので、日頃から色々と気を付けて下さい』と忠告を受けていたのも決して無関係ではないらしいが、あくまでそれは噂である。

そんな忠告を活かしているかどうかはともかくとして、常日頃から謙虚な態度を崩さない劉虞の評価は幽州軍閥の中でも非常に高い。それは劉虞の着任と丘力居に対する方策に一番不満を抱えていた公孫瓚ですら、心の中の不満は『多少』で済む程度のモノで納まっている程と言えば、劉虞がどれだけ彼らの為に心を砕いていたかがわかるというものだ。

尤《もっと》も、実際のところ公孫瓚が大人しくしている最大の要因は、長安からの物資の支給に滞りが無いことであり、もし皇族である劉虞と敵対すればその物資が貰えなくなる可能性が有るので、とりあえず大人しく従っていると言う打算もあったりするのだが、その程度の打算は誰でもしていることである。

「いえ、お構いなく。しかし此度《こたび》の急なお呼び出しには、何やら面倒事が発生したのだと愚考致しますが如何《いかが》？」

そのような事情があって、政治的なトップである劉虞と軍部のトップである公孫瓚は互いに敵対しようとは思っていないし、烏桓の大人《たいじん》である丘力居らが降伏して来た以上、今のところ幽州の統治に支障は無い。よって公孫瓚は今回の呼び出しには幽州の外部勢力が関わっていると推察していた。

「その通りだ。話が早くて助かる」

「それで、如何《いか》なる面倒事が？」

「うむ……」

公孫瓚が即断即決を旨とする（そうしないと騎兵を中心とした戦に対応できない）幽州軍閥の長らしく率直に切り込めば、彼らを統治する立場の劉虞も形式などを無視して話を進める。両者が礼儀だの作法だのはそれを必要とする時と場所と相手を選ぶものだということを、よく理解している証拠であった。

〜〜〜

「……少し前から、袁紹らが私を帝として担ぎ上げようとしているのは貴公も知っているな？」

「えぇ。存じ上げております。州牧殿がその誘いを断っていることも」

読んで字の如く、家の名を誇るのが名家である。その名家の代表を自認する袁紹や彼の周辺に居る連中にしてみたら、自身が皇帝から正式に逆賊と認定されたことは色んな意味で耐え難い屈辱なはずだ。たとえ彼らが『陛下は董卓に脅されたのだ』とかなんとか言っても、公式に逆賊に認定されたことに違いはない。

故に、彼らはなんとしてでも逆賊と言う汚名を雪《すす》ぐ必要があった。

その方法として袁紹らが考えたのが、董卓に傀儡《かいらい》とされた幼い皇帝を廃し、自分達に都合の良い決定を下す皇族を皇帝として擁立することだ。

これは『罪人が皇帝に謝罪するのではなく、別の皇帝を推戴《すいたい》する』という、誰がどう考えても不敬極まりない行為である。はっきりと言うならば、これは彼らが忌み嫌った宦官や外戚とまったく同じ考えであり、端《はた》から見れば『こいつらこそ正真正銘の逆賊じゃないか』と罵られてもおかしくない考えであった。

事実、この『劉虞擁立』に関しては連合の内部でも賛否が分かれている。

具体的には副盟主である曹操《そうそう》や袁術《えんじゅつ》も反対していた。なにせ宮中侵犯という大罪を犯して逆賊認定された袁紹らと違い、董卓の討伐という勅を名目として連合に参加した諸侯にしてみたら、皇帝に対して反逆などするつもりは無いのだから、当然と言えば当然の話だろう。

「うむ。私は陛下に弓引くつもりなどないからな。そこで私の擁立は諦めた……かどうかは不明だが、今回袁紹は擁立ではなく別の提案をしてきてね」

「ほう。袁紹が？」

（わざわざ呼び出されたのでどんな面倒事かと思えば、袁家のクソガキかよ）

公孫瓚にしてみれば袁紹という人物は、自分達の足を引っ張り、無駄に張純の乱を長引かせた連中の片割れである名家閥のボンボンに過ぎない。

生まれだけの問題ならば、袁家はともかく袁紹個人に恨みはないので個人的に距離を置きたいと思う程度の存在でしかなかった。

しかし、彼は何をトチ狂ったか反董卓連合の盟主となり、幽州で黄巾や張純の乱の残党と戦っている自分たちにまで連合の参加を呼び掛けてくるという愚行に走ってしまった。これにより公孫瓚は袁紹を『現実を知らない阿呆』と分類することになる。

というのも、数年前から洛陽からの支援を受けることでやりくりをしていた公孫瓚にとって、補償も何も無しに洛陽に敵対するなど有り得ない行為だったからだ。

そんな現実も理解せずに、名家がどうだとか成り上がりがどうだとか言って参戦を促されたところで、公孫瓚が乗るわけがない。また袁紹らの主張を彼の視点で要約するならば『地方の軍閥は黙って名家の言うことを聞いていれば良いのだ！』と言っているようにしか聞こえなかった。このことも公孫瓚が袁紹に合力しようと思わない理由の一つである。

これでは自分のような立場の人間は連合への参加を躊躇するだろう。そしてなにより、普段から何も言わずにきちんと必要な物資を必要なだけ支援してくれる董卓陣営と比べてしまえば、嫌でもその浅ましさが目についてしまう。

　また、洛陽からの援助が無くなれば幽州の軍閥は干上がることになるのは明白である。中央にしか目を向けない連中は忘れがちになることだが、董卓は幷州《へいしゅう》に居た頃から匈奴や羌《きょう》と言った異民族に対して強い影響力を持っていた男である。

　故に、もしも公孫瓚が連合側に付いて参陣したとしたら、董卓は公孫瓚に対する援助を止《や》めて他の幽州軍閥に支援を行いつつ、自らと繋がりが有る異民族に対して公孫瓚の討伐を命じていただろう。

　更には劉虞に対しても同じ命令を下し、皇帝に対する忠節を問うていたかもしれない。

　そうなれば公孫瓚は間違いなく潰されて、幽州を逐《お》われていたはず。

　……つまり公孫瓚は戦う前から敗けが決まっているのだ。

　さらに何かの間違いで連合軍が勝利したとして、彼に何の得があるというのか。連合が勝利する為には、董卓率いる涼・幷州の軍勢を打倒しなくてはならないが、名家の連中が率いた民兵上がりの雑兵では相手にすらならないことはわかりきっている。故に、主に戦うのは幽州の軍勢になっていたはずだ。しかし普段から蛮族のような扱いを受けている幽州の将兵に対して、連合の上層部がまともな評価や支援をするだろうか？

　……どう考えても『蛮族同士で潰し合え』と言わんばかりに矢面に立たされる未来しか想像できない。

　そうして命を削って戦い抜いた先に有るのは、完全に放棄されていて、まともな補給も何も出来ないほどに荒らされた洛陽だ。これでは戦で死んだ将兵に報いるどころではない。

つまり自分達が参戦して董卓との戦に勝った結果、自分達は袁紹らの損害を肩代わりしてやった挙げ句に戦に費やした戦費すら補充できず、それどころか以後洛陽（もしくは長安）からの支援を打ち切られてしまうことになる。そんなことになってしまったら、自分が幽州の者たちからどんな扱いを受けることになるか。

（考えるまでもない。そも、何が悲しくて袁紹ら名家の面子《メンツ》のために、恨みも何もない董卓を敵に回し、逆賊と認定された挙げ句に幽州を危機に晒さねばならぬのか）

董卓を敵に回すことは公孫瓚にとって何の得にもならないこと。というか損しかない行為だった。

少し考えただけでも公孫瓚が連合に参加した場合のデメリットはこれだけあるというのに、それらを一切考慮せずに『董卓の横暴を止めるのだ！』とか抜かして連合への参加を促してくる連合の首脳部に対し、彼らの頭の中を疑って距離を取ろうとした公孫瓚を誰が咎めることができようか。

劉虞は劉虞で、董卓に敵対した場合は異民族や公孫瓚に挟まれて逆賊として討伐されることを恐れて、頑なに袁紹らの誘いを断っていたことを公孫瓚も知っている。実際劉虞が懸念しているように、彼に皇帝からの勅命が下っていたならば、皇族である劉虞を殺しても公孫瓚を咎める者などいない。むしろ勅命を果たしたことを称賛されるだろう。

よって、もし劉虞が袁紹の誘いに乗って連合に参加をしていたら、今ごろ劉虞は縄を打たれて刑場へと送られているはずだ。これらのことを考えれば、今回わざわざこうして公孫瓚を呼び出した劉虞の用件が『袁紹の誘いに乗るからお前もどうだ？』といった内容ではないと断言できる。

では袁紹が何を企んで介入してきたか？　という疑問になるのだが……理想に生きる袁紹の考えは、現実を見据える公孫瓚の理解を遥かに超えていた。

「そうだ。どうやら袁紹は、貴公を利用して冀州《きしゅう》を手に入れようとしているようだぞ」

「……某《それがし》を利用して冀州を手に入れる？」

もしこれが幽州を手に入れるというなら公孫瓚も理解できただろう。また『劉虞を倒してその所領を分割統治しようではないか！』というのであれば、これもまぁわからないではない。

（俺から兵を借りて幷州や青州の賊を討伐し、そこを実効支配しようと言うのも有り得なくはないからな）

かつて袁紹が、董卓の兵を使って洛陽の敵対勢力を潰そうとしたのと同じ発想だが、これ自体は決して無理筋ではない。

（しかし、冀州？　何でいきなり冀州？　どこから出てきた？）

完全に混乱している公孫瓚を見て、劉虞は然《さ》もありなんと一つ頷きながら、袁紹の狙いを解説する。

「大前提として、現在袁紹には根拠地が存在しないということは知っておるな？」

「……そうですな」

袁紹が反董卓連合の盟主となれたのは、彼個人の性格や能力もあるだろうが、最大の理由として

『袁家』という名と、親の世代が持つ血縁やら何やらを利用するために擁立されたようなところがある。しかしながら汝南の本家には袁術が居るので戻れないし、袁紹を連合の盟主として担いだ連中とて袁紹に自分の治める土地を預けるような真似はしない。

実際に汝南袁家からは、袁紹が来たら問答無用で首を斬るように指示が出ているので、汝南の実家に袁紹の居場所はない。また連合に参加した諸侯としても反董卓連合で確たる成果をあげることができなかった袁紹を自分の主とするには抵抗がある。

「だが、反董卓連合に於いて積極的に袁紹を擁立した者たちは、今さら袁術を主に仰ぐことはできない」

「それは、そうでしょうね」

あそこまで家督争いが顕在化してしまえば、今さら袁紹を裏切ったところで袁術から白い目で見られるし、何より袁術に味方して袁家の要職に就いた者たちが彼らの帰属を認めるとは考えづらい。

「そうなると袁紹を擁立するしかない者たちは、奴にそれなりの立場になって貰わねば困るのだ」

「……なるほど。袁術に味方した連中からの粛清や董卓殿の反撃に備える為にも、孤立するわけにはいきませんか」

「その通りだ」

つまるところ、袁紹を擁立した面々もまた連合や連合に所属した諸侯の持つ力が無ければ立ち行かないのだ。そのため彼らは袁紹に確固たる地盤を築いて欲しいと思っているのだが、自分の治める土地は預けたくない。そんな連中が袁紹を押し付けあった結果、彼の地盤として選ばれたのが、元袁家の被官であった韓馥《かんふく》が治める冀州というわけだ。

「それは理解しました。しかし袁紹が冀州を手に入れるというならば勝手にすれば良いのではありませんか？」

韓馥が刺史に任命されたのは反董卓連合が興る少し前のことである。この時はまだ袁隗《えんかい》も生きており、恩赦の話もあったので、周囲が袁家に配慮した結果、袁家の元被官であった韓馥が冀州刺史へと任命されたという事情があった。

（韓馥が袁紹を奉じるつもりなら、そのまま冀州へ居座れば良いだろうに）

そう思っていた時期が公孫瓚にもあった。

「そうだ。しかしその韓馥が袁紹と袁術の間で揺れているようでな」

「見苦しい。一度担ぎ上げたのなら覚悟を決めれば良いものを……」

「そうだな。だがそう簡単にはいかぬのだろうよ」

袁術の立場で考えれば、他の三下《さんした》はともかく、冀州牧である韓馥は自分の陣営に引き入れる価値が有ると判断したのだろう。韓馥は韓馥で、自身が独立して何かを成そうとしているわけではないから、誰かに仕える分には構わない。というか、さっさと誰かを主君に仰ぎたいと思っていた。

今までなら、韓馥が担ぐ予定であったその【誰か】は袁紹一択だった。しかし今回袁術から誘いがきたことによって、韓馥の中に選択肢が生まれてしまい、今では『どちらの方が自分を高く買うか』と考える余裕が生まれてしまったわけだ。そして袁術と袁紹を比べた場合、袁術には『逆賊認定の解除』という鬼手があるのに対して、袁紹には現状で韓馥に支払えるモノがない。そうなると韓馥は袁術を選ぶのが妥当なのだが、ここで韓馥の心が袁術に傾きつつあることを知った袁紹の配下による策略が火を噴くことになる。

「袁紹は韓馥に対し『公孫伯珪が冀州を狙っている』と虚言を伝え、韓馥の危機感を煽っているのだ」

「はぁ？」

（いや、狙ってないし）

公孫瓚からすれば寝耳に水の話である。

「そして私に来た要請は『公孫伯珪が冀州へ行くように動かして欲しい』というものでね」

「はぁ」

（いや、行かないし）

何が悲しくて冀州に行かねばならないというのか。

「恐らく近日中に貴公に対して『韓馥を討伐して冀州を二分しよう』と言った内容の書状が届くだろう」

「はぁ」

（いや、いらんし）

公孫瓚は自身を為政者ではなく武官であると定義付けている。ある意味では董卓に近い価値観を持つ公孫瓚からすれば、冀州の半分を武力制圧したところで満足に統治できる自信などない。

尤も、もしも彼が劉虞と敵対していたり、物資に不足があったのであれば、自身の影響力の強化と当座の物資を補充するという名目でその誘いに乗ったかもしれない。しかしながら、劉虞とはこうして普通に会話できる間柄だし、今のところ長安からの支援が滞りなく行われているので物資にも不足はない。よって、現状公孫瓚が冀州に出る必要性は全くない。

現実主義者である公孫瓚は必要のないことをするような人間ではないし、そもそも武官である彼には幽州とはまるで風土の違う冀州を上手く治める自信も無かった。

これもどこぞの腹黒による『金持ち喧嘩せずの法則』が発動した結果であるが、その腹黒が意図的にこういった状態を作っていることを自覚している者はいない。

度々顔を見せるどこぞの腹黒の狙いはさておくとして。

「そして貴公が冀州に出陣したら、私は北平を攻めて貴公の帰る場所を奪い、兵糧やらが不足した貴公の軍勢を袁紹と挟み撃ちにする。そう考えているようだな」

「はぁ」

（いや、その程度じゃ負けないし）

確かに兵糧が無ければ継続して戦をするのはきついかもしれない。だがそんなのは、騎兵を中心とした軍勢を率いる公孫瓚が、劉虞が北平を落とす前に帰還すれば良いだけの話である。その為、袁紹の狙いを聞かされても彼の中には『馬鹿なのか？』という感想しか出てこなかった。

「ま、袁紹にしたら私が貴公に勝たなくとも良いのだ。狙いはあくまで自分が冀州を手に入れることだからな」

「……なるほど」

（袁紹としては俺や幽州の軍勢を使って『遠く離れた袁術では冀州を守ることはできん』といって韓馥に自分を擁立させればそれで良い。ついでに、劉虞様と俺を仲違いさせて俺の足を止める。もしくは俺に劉虞様を殺させることで皇族殺しの汚名を着せる、か？）

そうなれば袁紹は労せずして冀州を手に入れることが出来る上に、己の手を汚すことなく自分の言うことを聞かない頑固な皇族を殺せる。またその汚名を幽州の蛮族に着せることで、幽州軍閥の内部崩壊を狙うことができる。いかにも己の手を汚したくない名家連中が考えそうな手である。

（……誰が乗るか。わざわざそれを教えたということは劉虞様にもその心算はあるまい）

事実、公孫瓚が考えたように劉虞も袁紹の思い通りに動くつもりはなかった。

元より劉虞から見たら袁紹など、自分勝手な都合で自身を皇帝として擁立しようとしている逆賊だ。そんな彼だから、討伐対象にはなっても協力者として見ることはない。

そもそも袁紹の企みに乗るなら、公孫瓚を呼び出してこんな話はしない。

「わざわざ某に袁紹の狙いを教えて下さるということは、州牧殿も奴の狙いに便乗するつもりは無いのでしょう？　某に何をさせるおつもりですか？」

「ふっ。流石に気付くか」

「むしろ気付かない者が居るのですか？」

少し考えればわかりそうなものだろうに。公孫瓚は訝《いぶか》しんだ。

「袁紹の周囲の人間はそう思って策を立てておるようだな」

「……はぁ」

理想に生きる連中には他者を見下す悪癖がある。その悪癖故に自分の策が失敗する可能性を考慮できない。考慮できないからこそ、こんな穴だらけの策を提案してきた。

(董卓との戦いで何を学んだのやら……)

ここまでくると、憤りよりもやるせなさが先に来てしまう。公孫瓚が思わず溜め息を吐いたのを見て、公孫瓚と意見を同じくしていると判断した劉虞は一つ頷いてから話を進めることにした。

「気持ちはわかる。そして袁紹の狙いに対しての私の腹案……というか、大将軍からの指示が来ていてね」

「董卓殿から？」

話を聞くと袁紹から提案があったのは最近のことのように思えるが。

「そうだ。大将軍から『袁紹がこのように動いてきたら、私や貴公はこのように動け』という指示が出ているのだよ……およそ半年前からな」

「半年前!?」

「……そうだ」

真顔で頷く劉虞からは嘘や冗談と言った気配は無い。つまり董卓は本当に半年前から袁紹の動きを読んで、その策を潰す為の準備をしていたということだ。誰もが洛陽近郊での連合軍の動きに気を取られている中で、半年後の諸侯の動きを読み対策を施す？

（これは勝てぬ。そうか、だから劉虞様も……）

公孫瓚は、今のままでは絶対に董卓に勝てないことを確信すると同時に、劉虞が袁紹に担がれることを頑なに拒んでいた訳を知ることとなった。

「……それで、董卓殿の策とは？」

「うむ。袁紹の動きに対してまず私がこのように動く」

「それでは某は後ろを？」

「そうだな。そして私はここに入る。その際は貴公の力を借りることになるが……」

「問題ありません。喜んで助力させて頂きます」

「そうか、助かる」

この日『董卓恐るべし』という思いを共有した劉虞と公孫瓚は、本当の意味で和解を果たす。これによりどこぞの腹黒による袁紹包囲網は着実に狭まることになるのであった。

三

突然だが、橋瑁《きょうぼう》が勅を騙《かた》った檄文《げきぶん》を大々的に発し、彼と親しい者達が寄り集まって徒党を組み上げ、この徒党が袁紹を盟主として担いだことで形となった反董卓連合だが、この連合の発足によって利益を得た者は実は驚くほど少ない。

この一連の流れの中でまず一番利を享受したと見られているのが、連合や董卓軍に物資を売り捌いていた商人たちなのは語るまでもないことなので除外するとして、商人を除いた者たちの中で一番利を得たと言えるのが南郡都督となった孫堅《そんけん》である。

彼は袁術からの要請を受けたと見せかけ、襄陽《じょうよう》に二万人分にもなる物資を蓄えさせ、それらを回収する事に成功した上で元々劉表《りゅうひょう》が備蓄していた物資や、劉表に仕えていた文官や武官をほぼ無傷に等しい状態で人材を麾下《きか》に組み込む事に成功しているのだ。

最初は孫堅に仕えることを善しとしていなかった元劉表配下の者たちも、連合に参加した諸侯が全員逆賊に認定された挙げ句、董卓の軍勢に手も足も出ずに蹴散らされ、最終的には内部分裂を起こして連合が解散した様子を見て、董卓と敵対しなかった孫堅が勝ち馬だったことを認識することとなった。

そうなれば話は早い。彼らは今では孫堅に仕えることが漢の臣として正しい行為であると再認識し、基本的に皆が真面目に職務に励むことになった。このため孫堅陣営は襄陽を手に入れて所領が広くなったにも拘《かか》わらず、一人頭の書類仕事が減り円滑に処理されていくという実にありがたい状態となっていた。

さらには、零陵に隣接している交州に於いても、地元の異民族を裏で操っていた士燮《ししょう》が逆賊として殺された結果、今まで漢に対して徹底抗戦を唱えていた者は後ろ楯を失う形となり、一つの集団として組織だった反抗ができなくなっていた。

加えて孫堅から『異民族を扇動していた元凶を殺したから引き締めを緩めても大丈夫だ』という助言を受けた朱符《しゅふ》が、その言葉通りに引き締めを緩めたところ彼に懐柔される者もポツポツと現れているし、交州を実効支配していた士一族の内部でも後継者争いが起こったことで、彼らは他所《よそ》に対してちょっかいをかける余裕を無くしてしまう。

これにより孤立状態に陥《おちい》った異民族を討伐することに成功した孫堅は、暫《しばら》くの間内政に力を入れることができるようになった。そのため劉表が死んだことで混乱している江夏の黄祖《こうそ》や、馬相の乱の影響を引き摺《ず》っている益州の劉焉《りゅうえん》らとは一線を画す纏まりを見せる勢力になりつつあった。

そんな孫堅に次いで利益を得たとされるのが董卓だ。

彼は圧倒的な兵力を誇った反董卓連合を相手に、精鋭と謳われた官軍を用いずに自前の兵だけで戦いきったことでその軍事力を帝国全土に知らしめると共に、今では『漢の軍事を取りまとめる大将軍に相応《ふさわ》しい』と誰もが認める存在に上り詰めている。

ちなみに『これなら遷都する必要がなかったのではないか？』などという声に対しては、董卓は

『後ろを心配する必要が無かったからこそできたことである』と謙虚に答え、今は長安の北方方面に位置する【郿《び》】に対異民族用として長安に匹敵する城塞を築いている最中であった。これは董卓が政治に関与するつもりはないという意思表示と受け止められている。彼の自身を軍人として定義し政治と一線を画す無欲な姿勢は、董卓に近寄り甘い汁を吸おうとした一部の俗物を除き好意的に受け止められている……らしい。

また、董卓陣営に所属する牛輔《ぎゅうほ》や徐栄《じょえい》と言った面々も、基本的な書類仕事は長安の文官に回すことになるという布告を受け『もう政《まつりごと》に関わらなくても良いんだ！』と知り、快哉の声を上げたそうな。このような感じで、反董卓連合はその戦の内容や、そもそもの連合発足の切っ掛けを知る士大夫層から『名家が皇帝陛下を私物化しようとして失敗し、董卓を追い詰めるどころか無駄に銭を費やして名ばかりの大将軍であった董卓に実績を与えた』と物笑いの種にされてしまう。

こうして広まった風評に頭を抱えたのが、連合に参加した諸侯である。

なぜなら、彼らは勝てなかったことを批難されているのではなく、董卓の軍勢の力を知らなかったことや、大軍を集めながらも積極的に前に出なかったこと。さらには橋瑁が勅命を偽造したことに気付かず、正式に逆賊にされた迂闊さを批難されていたからだ。

……ちなみに彼らが批難される原因となったこれらの情報を拡散したのはどこぞの腹黒らしいが確たることは誰にもわからない。

情報の出処《でどこ》はともかくとして。

当然、諸侯としてはこれらの風評はなんとかして払拭したい類のものであった。

だが、連合に参加した諸侯が董卓との戦で何もできなかったことや、皇帝から逆賊に認定されたことは事実であるので、どうしても反論に勢いをつける事ができず、それがまた士大夫層の者たちからの失笑を買うことに拍車を掛けることとなった。

彼ら士大夫を自称する者たちは、口を揃えて『敵のことも己のことも知らずに何ができるものか』と連合に参加した諸侯を貶《けな》し、反対に連合に参加しなかった劉虞や孫堅を称賛した上で挙《こぞ》って彼らの陣営に加わろうと図っている（董卓陣営は色々怖くて近付き難いらしい）。

そんな彼らの動きを危ぶんで即応したのが袁術であった。

彼は袁紹が洛陽で犯した宮中侵犯という罪を公表し、袁紹のせいで先代を含む袁家の関係者が軒並み首を刎ねられたこと、翻って宮中侵犯を始めとした一連の自身の罪を認めぬどころか、新帝を廃して劉虞を帝に擁立しようと企《くわだ》てていることを暴露し、さらに橋瑁が勅を偽造したことを知っていながら、己が袁家の家督を簒奪《さんだつ》するためにそれを利用したことを挙げ、袁紹を批難した。

このようにして袁術は袁家の関係者を反袁紹に纏めると同時に、袁紹こそが真の逆賊であることを声高に叫ぶことで士大夫層からの批難を連合に参加した諸侯から、袁紹個人に向けようとしたのだ。

さらに袁術は楊彪《ようひょう》を通じて長安に使者を送り、劉弁《りゅうべん》の代理である丞相劉協《りゅうきょう》に対して己が橋瑁に騙されていたと謝罪。さらに袁術が実効支配していた荊州南陽郡の明け渡しを行うことで、新帝を認めていない袁紹とは違い汝南袁家には皇帝に対する叛意は無いということを証し立てようとした。

尤も、最初は袁術も南陽の明け渡しを渋っていたのだが『連合が解散して襄陽に孫堅が入城し、弘農や長安には官軍が居を構える現状では、南陽が孤立してしまう』と袁家に仕える幕僚たちから語られてようやく情勢を理解したため、董卓陣営から反撃を受ける前に自発的に進呈したというだけの話なのだが、それはそれである。

こうして袁家の名声や金・人脈などをフルに注《つ》ぎ込んだ結果、この助命嘆願は一定の効果を上げることとなる。そう、汝南袁家とその関係者は長安より『袁紹を討ち取れば逆賊の認定を解く』という言葉を引き出すことに成功したのだ。

元々袁術にしてみれば、袁家の家督簒奪を企《たくら》んだ挙句、自分たちを窮地に追い込んだ袁紹を殺すことに否やは無い。よって彼は長安から正式な赦免を得たことを声高に喧伝《けんでん》するとともに、周辺の諸侯に対して『味方をするなら助命や逆賊認定の解除に関して袁家が口添えをする』と謳うことで、連合に参加した諸侯に対して恩を売り、汝南袁家の足場を再構築していった。

この袁術の動きにより袁紹を担ごうとした者たちの足並みは乱れに乱れることになる。

特に大きな動きを見せたのが冀州の韓馥だ。彼は逆賊の汚名に耐えかねて、袁術からの使者に対して肯定的な返事をすることになる。

そもそもの話だが、彼は袁家の被官であって袁紹個人の配下ではないのだ。更に韓馥は、王允《おういん》や楊彪によって冀州刺史に任じられていることからわかるように、董卓が大将軍となってから冀州を任された人間である。故に橋瑁が檄文を発した時点では冀州のことなど何も知らない状況であり、当然冀州の豪族に対しての影響力など存在しなかった。

そこに橋瑁や鮑信《ほうしん》に張邈《ちょうばく》と言った兗州所縁《えんしゅうゆかり》の者たちから冀州の豪族に対して連合参加の呼びかけが行われたところ、韓馥が決断する前に冀州の豪族たちがそれに応じてしまった。この時点で韓馥には冀州勢の連合への参加を止める術など無かったのだ。

命懸けで参加を止める？　韓馥にそんな気概はない。

状況に流されるがまま連合に参加することになった韓馥にとって最良だったのは、袁紹が勝って皇帝を手中に収め、全部をなかったこととして済ませてしまうことだった。

というか、それしかなかった。

しかし、結果は連合の敗北（大本営発表がどうあれ、戦略目標である董卓の打倒と皇帝の奪取ができなかった時点で負け）。

この結果、袁紹共々正式に逆賊に認定されてしまった彼は、猛烈にして多大なストレスに襲われることになった。さらに問題なのは、洛陽の真実を知らない地方の軍閥連中とは違い元々洛陽に居た彼は、袁紹が洛陽で何をしたかをしっかりと理解していたことだ。

今回の一連の流れに於いて非は宮中侵犯という大罪を犯した袁紹にあることを知っていた韓馥は、当然橋瑁が発した檄文の中にあった勅が偽りであったことも知っていたのだ。

故に、彼は現在長安から『全て承知の上で皇帝に弓を引いた本物の逆賊』と見做《みな》されている。

しかし重ねて言おう、韓馥にそんな気概など無い。

だが今のままでは釈明の余地などなく、使者を送っても殺されて終わるだろう。劉虞を皇帝にすることができたならば彼に仕えることで逆賊の認定も取り消してもらえるかも……と淡い期待を抱《いだ》いたのだが、劉虞は袁紹らから提案された『皇帝として擁立したい』という要請をあっさりと拒否してしまった。

こうして最後の希望も絶たれ『もう袁紹を掲げて逆賊として生きていくしかないのか……』と絶望していた韓馥の下《もと》に現れたのが袁術からの使者だった。

袁家の根拠地である汝南を抑え、長安とも確固たる交渉ルートを確保している袁術から『逆賊からの脱却の可能性』を示唆されたなら、主従揃ってその提案に心を動かすのも仕方のないことと言えよう。ちなみに今でも袁紹を担いだ諸将から『袁家の当主は袁紹なのだから、自分たちは袁紹の下で一致団結するべきだ』と言った内容の使者は来ているし、袁紹から送り込まれて来た審配《しんはい》などは、勝手に袁紹へ味方する確約までしているときた。

そのことを知った韓馥が「勝手なことをするな」と咎めれば逆切れして『袁紹様がいなければ、公孫瓚や董卓が攻め寄せてきたら滅ぼされるぞ』などと脅してくる始末である。

同じ袁家の被官ではあるが、ただ袁紹の取り巻きだからという理由で州刺史の自分よりも大きな顔をする審配を嫌っている韓馥にしてみたら、これだけでも袁術へ味方したいと思うには十分であった。それに、配下の沮授《そじゅ》も『連合が解散した今、根拠地を持たない袁紹に味方しても得るものはない』とか『逆賊の認定を解く為には袁紹より袁術に味方するべきだ』と言っているのも大きい。

これらの事情が重なり、袁紹を切り捨てて袁術に味方しようとしていた韓馥の下に、予想もしなかった報を携えた使者が訪れたのは偶然なのか必然なのか……。

史書は『初平二年一〇月、韓馥は袁紹を鄴《ぎょう》へと迎え入れた』とだけ伝えている。

二六　曹操出世する

初平二年（西暦一九一年）一〇月

前陳留《ちんりゅう》県令衛茲《えいじ》亡き後、彼の喪を弔うという名目で陳留へ滞留していた曹操は、鮑信や陳宮《ちんきゅう》らの働きかけにより、陳留郡の太守である張邈を説得し、衛茲の子であった衛臻《えいしん》を臨時の県令とし、その後見人的な立場を得ることで陳留を実効支配することに成功していた。

根拠地を手に入れた曹操は財源的な余裕ができ、今まで目を付けていたが懐具合により声を掛けることができなかった士大夫たちにも堂々と声を掛けることができる余裕が生まれたのだが、その結果は芳しいものではなかった。

「いや、曹操殿は宦官閥だろう？」

「逆賊でもあるな」

「袁紹の為に壁になどなりたくない」

いや、芳しいどころか散々な言われようであった。

この期に及んで自身の出生をどうこう言うような俗物には曹操とて興味はない。

こっちから願い下げだ！　と思う。だが、彼らの言い分の中にある『逆賊』というのは無視できない。曹操とてこの一言が士大夫からすれば途轍《とてつ》もなく重いモノであるのは理解できるし、また『連合の実質的なナンバー2であったことで董卓に目を付けられているのではないか？』と疑いがあることも自覚していたので、彼らに招聘《しょうへい》を断られても文句を言いづらい環境であることは認めざるを得なかった。

「ぐぬぬ……これだから名家というやつらは……」

彼らの言い分もわかる。そう頭で理解しているものの、人間である以上どうしても苛立ちが表に出てしまう。

今のところ陳留の政に関しては曹操と陳宮の二人でも回せるのだが、曹操も陳宮も戦に出てしまえば残った役人だけでは曹操が求める水準の業務は望めない。だからこそ曹操は切実に文官を欲しているのだが、逆賊という称号と董卓という脅威が壁となり、彼の前に立ちはだかっている状態である。

いや、まぁ逆賊認定に関しては、曹操の場合、董卓に頼めば即座に解除できるだろう（どこぞの腹黒が邪魔しない限り）。

しかしそれができない事情もある。

何故なら今の状況で曹操だけ逆賊認定を解除されてしまえば、周辺からタコ殴りにされる事が目に見えているからだ。

何と言っても、あの袁家でさえ、袁術が持てる全てのコネと財などをこれでもかと利用して、ようやく条件付きで逆賊認定を解除してもらえた状況なのだ。

こんな中、曹操が使者を送っただけであっさりと逆賊認定を解除されたら周囲の諸侯はどう思うだろうか？

不平等と騒ぐくらいならまだ良い。

だが普通はそれだけではすまない。かなり高い確率で、董卓と曹操の間に何かの密約が有ったのか？　と疑われて、諸侯から詰問の使者が来るだろう。

なにせ今回連合に参加した中で明確に得をした諸侯は、袁紹を放逐して正式に家督を継ぐことが確定した袁術か、根無し草の状態から陳留を得ることになった曹操くらいしかいないのだから。

さらに言えば、連合に於いて袁家は多大な私財を投じていたのに対して、曹操は序盤に徐栄に蹴散らされたせいで軍勢を再編成する必要に駆られたくらいで他は特に出費が無い状態からの出世である。

あの、誰もがまともな戦をしていなかった連合諸侯の中で数少ない『戦をして死にかけた男』という実績は、ある意味ではそれだけで十分な出費だったかもしれない。しかし結果として主要な家臣は誰一人失っていない上での立身出世なので、そのことを羨む人間が居るのは当然のことでもあった。

そこに『曹操だけが逆賊認定を解かれた。曹操は董卓と繋がっていたのだ！』などといった風評を流されては、曹操陣営は連合で何も得ることが出来ずに不満を溜め込んでいた諸侯の憂さ晴らしで滅ぼされてしまう。その危険性を理解しているので、曹操から董卓に逆賊認定を解くような要請はできなかった。また董卓陣営としても、直近の書類仕事からは解放されたが、いつ書類地獄が顕現するかわからない現状に於いて、書類仕事の達人と目されている曹操を解放するという選択肢はなかった。

このように両者の思惑が一致した結果、曹操は未だに逆賊であり続けており、その為に士大夫の登用に苦戦するという悪循環の中で日々を送っている。

……反董卓連合で友誼を結んだ鮑信が曹操の下を訪れたのはそんな時であった。

〜〜〜〜〜〜〜〜〜〜〜〜〜〜〜〜〜〜〜〜〜〜〜〜〜〜〜〜〜〜〜〜

兗州・陳留郡陳留県・宮城

「わざわざ陳留まで来なくとも、貴殿から呼び出しがあったならこちらから参じたものを」

客室で寛ぐ鮑信に対し苦笑いで告げる曹操だが、この言葉に偽りはない。

それは鮑信が自身の良き友であった衛茲の主君であったことや、元々陳留を実効支配するにあたって協力をしてもらったこと、また新任領主の自分とは違い鮑信が為政者としての先達であることなど、様々な理由があった。あわよくば誰かを紹介してもらおうという下心もないこともないのだが、それはそれである。

「その気持ちは嬉しいが、今回はこちらが頼む側なのでな」

「……頼む側？」

「うむ」

曹操が訝しげに尋ねれば、鮑信は真顔で頷き、周囲をキョロキョロと見回している。どうやら聞き耳を立てている者が居ないかどうか警戒しているようだ。

「はて、今の私にできることで、貴殿の助けになるようなことなどあっただろうか？」

少し前なら陳宮あたりが勝手に潜んでいた可能性もあるのだが、完全に書類に囲まれた今の陳宮にそんな余裕はない。その為、曹操は情報が漏洩する心配は不要だと目で告げ、話を進めようとする。

「謙遜……ではないようだが、遠慮は不要だ。これは貴公にしか頼めないことだと思っているのだ」

「……ほう。まぁ貴殿が私に不利益があるような頼みごとをするとは思えぬ。とりあえず話を聞かせてもらおうか」

そんな曹操の意図を察した上で、なお声を潜めて話し出す鮑信の様子を見て曹操は（これは間違いなく面倒事だ）と確信したのだが、ここで話を聞かないという選択肢は無い。

さりげなく釘を刺しながらも表面上は穏やかな顔で先を促すことにしたが、鮑信としては先を促してもらっただけで十分と思ったのだろう。曹操の言葉に一つ頷き、意を決した表情を見せながら用件を告げる。

「うむ。……じつは貴公に、東郡の太守になってもらいたいと思っておる」

「そうか、私を東郡の太守に……って、はぁ？」

流石に「お前は何を言っているのだ？」だの「正気か？」だのとまでは言わないが、いきなり郡の太守になれと言われた曹操の気持ちとしてはまさしくそんな感じである。

とはいえ、曹操にも鮑信の気持ちもわからないではなかった。元々東郡の太守であった橋瑁は反董卓連合結成のきっかけとなった勅を偽造した罪で兗州刺史劉岱《りゅうたい》を始めとした面々によって討たれている為、現在東郡の太守は不在となっている。

巨悪は殺した。だが済北国を治める鮑信としては、冀州や司隷に隣接する東郡が責任者不在の状況は不安なのだろう。そこに自身と友誼がある曹操を入れたいという気持ちはわかるし、評価をしてもらったことについてはありがたいことだと思う。しかし今の曹操は、陳留県を治めるので手一杯なのだ。この上で東郡なんて任されても困るとしか言いようがない。

「いきなりこのようなことを言われれば驚くのは当然だと思う。しかしこちらにも事情があるのだ」

「事情？」

曹操が知る限り、鮑信という男は行き当たりばったりでこのようなことを口走るような男ではない。目の前の男が「事情がある」というなら、真実そうなのだろう。

しかし、つい先日まで根無し草だった自分を郡太守にする事情とは一体何なのか？　視線で先を促せば、鮑信は半分申し訳なさそうな、そしてもう半分は憤りのような表情を浮かべて口を開く。

「実は、袁紹が冀州の韓馥の下にいったという情報を得たのだ」

「……奴か」

連合が解散して陳留に入ってからというものあまりの多忙さに辟易《へきえき》していた曹操だが、袁紹の存在を忘れたわけではない。経験から袁紹を放置すれば絶対に何かやらかすことは知っていたし、袁紹が目の敵にしている袁術が、長安から条件付きではあるが『逆賊認定を解除する』との言質《げんち》を取り、その事を利用して諸侯の取り込みを行っていることも知っているのだ。ならば賞金首にされた形の袁紹や、その取り巻きが何の手も打たないなどということは有り得ない。というか、曹操が知る袁紹という人物はどこまでも自分本位な人間なので、現在袁家を継いだ袁術に狙われていることも、己が皇帝から名指しで正式に逆賊にされたことにも納得などしていないだろう。故に長安に許しを請うような真似もしないし、袁術と歩調を合わせることも無いと断言できる。

そうこうして、袁家にも長安にも頭を下げずに独自の動きを見せるとなれば、袁紹が頼るのは自他ともに認める親友である曹操か、袁家の被官でありながら汝南の本家と距離がある冀州の韓馥しかいない。

（よかった。俺のところにこなくて本当によかった！）

自分のところへ袁紹がこなかったことを心から喜ぶ曹操だが、話はまだ終わっていない。

「そう。奴だ。奴は元々宮中侵犯という罪があり、正式な……というのもおかしいが、まず紛れもない逆賊と断言しても良い輩だ」

「うむ。その通りだな」

親友？　知らん。と言わんばかりに即答する曹操の図である。

袁紹が逆賊であるという両者の認識に違いはない。だがその逆賊を率先して盟主に据えたのは、今は亡き橋瑁や彼の檄文に応じた劉岱や目の前の鮑信だ。

そういう意味では袁紹も鮑信らも同じ逆賊なのだが、基本的に彼らは橋瑁が主張した勅が捏造《ねつぞう》されていたことを知らず、普段から同じ兗州の領主として付き合いのあった橋瑁を信じて連合に参加したという経緯がある。故に彼らの中では『自分たちは騙された』という思いが強かった。そんな彼らに対して、袁紹は自身の言動の結果逆賊になっている。

故に鮑信らからすれば「袁紹と自分たちとは違う！」と言いたいのだろう。

また、こういった前提条件があるからこそ、連合の副盟主となった袁術が「此度《このたび》『袁紹の首と引き換えに逆賊の認定を解く』との言質を取れた」と吹聴している言葉に信憑性《しんぴょうせい》が生まれているのだが、曹操はその言質が『長安』から取れたというところに違和感を覚えていた。

（袁術と繋がりがある楊彪なら、間違いなくそうするだろう。だが弘農はどう考えているのだ？……いや、長安と弘農の差異はともかくとして、今は袁紹の去就についての話だ）

「袁紹の罪はそれだけではない。自身が劉弁陛下に逆賊に認定されたと分かった途端、幽州牧である劉虞様を帝として推戴しようとしたのだぞ！　あれが皇帝陛下を私物化しようとする行為でなくて何だというのだ！」

本気の怒りを湛《たた》えた声と共に、ダンッ！　と机を叩く音が室内に響き渡る。

古代中国的価値観で言えば、帝の不興を買ったなら膝でも玉でも壊して謝罪するのが筋である。そうであるにも拘わらず、袁紹はあろうことか『自分に敵対する皇帝などいらん』と言わんばかりの行動を取ったのだ。

儒家として名を馳せた鮑信にとって、到底許し難い行為であったことは想像に難くない。

「うむ。あれには流石に私や袁術も反対したし、劉虞様も拒絶して下さったから大事にはならなかったな」

「あぁ。その通りだ！　だが私はあれで袁紹こそが臣の立場を弁《わきま》えない本物の逆賊であることを理解した！　……橋瑁の口車に乗り浅はかな考えで連合を結成しただけに留まらず、あのような者を盟主と仰いでしまった結果が逆賊認定に繋がったのだ！　……己の愚行が陛下に弓を引く形となることを理解せず、逆賊に認定され、私の代で父祖の名を貶《おとし》めてしまった。えぇい！　己の無能さに腹が立つ！」

「……うむ」

血を吐くように言葉を重ねる鮑信を前に『気持ちは分かる』と言わんばかりに神妙な顔をして頷く曹操であったが、彼は董卓からの指示で連合に参加していたので、本気で連合に参加したことを悔いている鮑信とは状況がまるで違う。そのため彼の内心は非常に複雑なものであった。

基本的な話なのだが、反董卓連合に参加した諸侯は自分の意志で連合に参加していたのだ。まぁ状況的に酌量の余地が有る者もいるのだが、それでも当初の予定のように董卓を打ち破った暁にはそれぞれが栄達を享受することができたのだから、負けた場合の負担が自己責任となるのも当然の話であろう。

事実、荊州の孫堅や幽州の劉虞・公孫瓚などは董卓に敵対しなかったことで利益を享受している し、徐州の陶謙も連合に参加しなかったことで無駄に資財を浪費することも無く、戦乱を避けて流民が避難して来ることでその国力が増していると考えれば、損失を上回る利益が有ったといえる。

言ってしまえば鮑信らは賭けに負けただけなのだ。そこに同情の余地はない。

曹操の目の前でフゥフゥと息を荒らげていた鮑信は、溜め込んでいた鬱憤を吐き出して多少気を持ち直したか一息吐いて、話を続ける。

「……私はこれ以上、陛下に無礼を重ねるつもりはないのだ」

「ふむ」

（鮑信としては『己の愚かさを理解したので、今後は長安に対して許しを得るまで平身低頭謝罪を

する』というのが基本方針ということか。おっと、諧謔《かいぎゃく》をしている場合ではないな）

「つまり、貴殿は袁術と道を同じくするということかな？」

逆賊の認定を解除するための近道は袁術が指し示した。

すなわち『袁紹の討伐』である。

「そうだ。故に私は袁紹の動きを警戒していたのだよ」

実際は警戒というか、隙が有れば殺そうとしていたのだが、流石に袁紹も自分の命が狙われていることくらいは知っていたのか、あからさまな隙を晒すことはなかったようだ。

「なるほど。その結果、袁紹が韓馥の下に身を寄せたことを摑《つか》んだか」

先述したが、連合無き今根拠地の無い袁紹が頼ることができるのは、姉が嫁ぎ自身を匿い擁立してくれた高家か、袁術から離れたところにいる袁家の関係者となる。

そして元々韓馥を冀州刺史とした際、袁術と関わりが深い楊彪は汝南から袁紹の影響力を削ぐ為に韓馥の下に袁紹派と言えるような連中を多く入れていたので、今回の袁紹の動きはそれも関係していると見ることができる。

「うむ。そこで我々にとって最大の懸念は、冀州に入った袁紹がどう動くか分からんということでな」

「我々、か。つまり張邈殿や劉岱様も？」

「無論、了承している」

「そうか……」

ここで漸《ようや》く『曹操を東郡太守にしたい』という彼らの事情が浮き彫りになってきた。

要するに彼らは曹操を袁紹に対する壁にしたいのだ。

「今の袁紹は冀州に入ったものの、依然根無し草には違いない。故に太守不在の東郡へ侵攻する可能性も無いとは言い切れん。そうだろう？」

「それはそうだ。しかし貴殿らには今更袁紹に降る気が無い。だが単独では冀州の将兵を率いる袁紹と戦えない。故に東郡に私を置くことで袁紹からの干渉を防ぎ、時間を稼ぐわけか」

「そうだ。袁紹も『親友』である貴公を攻めるとは考え辛いし、我々としても貴公が大人しく袁紹に従うとは思っていない。さらに貴公が東郡太守であれば、董卓が攻め込んできた際に陳留に援軍を差し向けることも可能になる」

「ふむ……」

もし自分が裏切ったらどうする？　と意地の悪い質問をしようとしたが、質問する前にその答えをあっさりと告げられてしまい、その上で『最悪の場合は袁紹を味方にしてくれ』と追撃を受けた曹操は、諧謔することも忘れて鮑信の案を検討することになった。

（まぁ私は董卓殿と繋がっているし、袁紹を転がすのも難しくはない。ならば豫州《よしゅう》の袁術と接している陳留《ここ》よりも東郡《むこう》の方が安全ではある。それに人材に関しても、借り物の陳留よりも正式に一郡の太守となった方が集めやすいだろう。名家連中は信用できんから地元の名士の説得からだが……）

どのみち鮑信だけでなく陳留郡の太守である張邈が『曹操に東郡太守となって欲しい』と言っている時点で、曹操に断るという選択肢はなかったのだが、それはそれ。大事なのは自分で決めることなのだから。

「わかった。これより東郡へ向かわせてもらおう」

結局曹操は自身が東郡太守になることと、陳留を捨てて董卓に降ることを天秤に掛け、素直に東郡の太守になることを受け入れることにした。

「おぉ！　ありがたい！」

「なに、これも義のためよ。共に陛下の誤解を解こうではないか」

（誤解でもなんでもないけどな）

「うむ！　うむ！　そうだな！」

曹操と鮑信の温度差はさて置くとして、こうして曹操は連合解散から僅か数か月で仮の県令から正式な郡の太守へと昇進したのである。いきなり郡の太守にされた孫堅との大きな違いは、周囲に理解者が居ることと、彼自身が書類仕事を得意としていることだろうか。

（ふっ。これから忙しくなるな）

しかしながら、如何に書類仕事が得意とはいえ、いきなり郡太守となったが故の混乱は避けられるものではなく……東郡の太守になることを了承した時点で、さしもの曹操も暫くその動きを封じられることが確定してしまう。

〜〜〜

某所

「曹操が東郡に移動した、か。これでさらに動きやすくなったな」

己の裏を掻《か》いてくる可能性が有った万能の天才がその動きを封じられたことで、どこぞの腹黒が介入することができる環境が広がってしまったことを正しく理解している者がどれだけいることか。

……少なくともこの時点では、反董卓連合に所属していた諸侯の中にどこぞの腹黒の動きを警戒する者はいなかった。

二七　董卓の憂鬱

一

初平二年（西暦一九一年）一一月

「もう一一月か……今年も酷《ひど》い一年だったが、去年よりはマシだったな」

涼州に吹く風に冬の寒さを感じ始めた頃、洛陽に用意されていた書類地獄部屋から解放された董卓は、建設途中の城砦を眺めてしんみりと呟いた。

「ええ、去年よりはマシでしたね」

その横に立つ娘婿の牛輔もまた、しんみりした様子で、しかし力強く頷いている。

今まで数えきれない程戦場に出て命を削ってきた自負がある強者であっても、反董卓連合発足から、否、何進の死から上洛、そして遷都が終わるまでの、彼らをして『地獄』と称せしめて憚らない程にその心を蝕んでいた。

それが今はどうだ。

皇帝に従わない連中の管理をする必要はなくなったし、先に文官を逃がしたためにてんやわんやになった洛陽とは違い、長安に関してはノータッチで良いから書類仕事も激減。

皇帝に忠義を誓っている孫堅は、襄陽を制圧して名実ともに南郡都督となったことで、最低限の準備資金だけを渡せば後は自分たちで軍を回せる状況。後は有事に備えるため南陽に派遣した朱《しゅ》儁《しゅん》が細かい調整をすることになっているので、董卓がすべきことは無い。

また公孫瓚については、董卓も同じような立場であったので、彼が欲する物は言われなくても大体分かる。故に必要な分を必要なだけ送ればそれで解決してしまう。

これだけ見れば収入より支出が多いように思えるが、そもそも長安はシルクロードの出発点にして終着点である。

異民族からの干渉が無ければ交易の利がそのまま長安の収入となるし、洛陽から遷都した際に徴収した財は、現時点で最低でも一〇年持つだけの余裕がある。

結果として、今の長安は確かに漢全土からの収入は無くなっただろうが、同時に漢全土を管理する為の軍事費や設備費、人件費等の莫大な予算が不要となった。

更にどこぞの腹黒の仕込みにより、洛陽から来た民を農業に従事させることで三輔《さんぽ》地域の生産力が増しつつあるので、司隷周辺域の収穫量は年を重ねるごとに上昇することが予想されている。また、塩や鉄に関しても、元々遷都で廃棄したのは河南尹《かなんいん》。もっと言えば洛陽だけなので、河東郡の塩池は変わらず確保しているし、西域の塩湖から採れる塩を回収できるので、生活必需品についても特に問題はない。つまり、逆賊共が苦労して自陣営を纏めている間に長安は、黙っているだけでその戦力を拡充させることができる。

人間万事塞翁が馬。終わりよければすべてよし。

この状態になるまでの苦労は正しく筆舌に尽くしがたいものであったが、今となっては良い……良い思い出である。……絶対に繰り返したくはないが。

兎に角、今の董卓は大将軍とはいえ、何進《かしん》とは違って外戚ではないし、なにより下手に中央の連中に関わりたくないので政に口を出す気はない。中央へ拘《こだ》わらない彼に割り振られた業務は司隷と涼州の軍勢の管轄をするだけだ。

(公孫瓚と孫堅は都督なので自分たちで軍勢を管理する権限があるし、益州の劉焉や幽州の劉虞も州牧の為それぞれに兵権があるので、口をはさむ権利はあってもその必要はない)

その上、司隷には司隷校尉と言う司隷の軍を管理する役職が有るし、涼州は元々それぞれの軍閥と付き合いがあるので、その管理など今までの業務の延長でしかないときている。

よってこの程度の仕事量ならば、洛陽で地獄を経験した董卓陣営の諸将にとっては温いものである。その証拠に、脳筋の代表格であった華雄ですら普通に書類仕事をこなしてから軍務に向かうだけの余裕があった。

（最高だな！）

そこにはかつて涙ながらに酒宴を開いていた男の姿はなかった。

だがしかし、そんな余裕が長続きするほどこの乱世は甘くはない。

彼らにとってすべての元凶とも言えるどこぞの腹黒が何かをしなくても、大将軍である時点で董卓は仕事から逃れられるような身分ではないのだから。


〜〜〜〜〜〜〜〜〜〜〜〜〜〜〜〜〜〜〜〜〜〜〜〜〜〜〜〜〜〜〜〜〜〜〜〜〜

司隷・右扶風《ゆうふふう》・郿県

「おお、久しいな皇甫嵩《こうほすう》将軍」

「はっ。大将軍閣下におかれましてはご健勝の程、お慶び申し上げます」

「うむ。お主も元気そうで何より。で、早速だが用件を聞こう」

一時期皇甫嵩の副官扱いであったこともある董卓だが、今は立場が完全に逆転していた。まぁ年功序列が基本の古代中国であっても後輩が先に出世することなど良くある話だし、そもそも軍というのは究極の成果主義の社会である。

それを鑑みれば、今の董卓は皇帝に軍を率いる事を認められた上に、逆賊を相手に真っ向から迎え撃った実績を持つ大将軍だ。名実兼ね備えた大将軍に対して頭を下げるのは軍人として恥でも何でもないので、皇甫嵩は当たり前に配下としての態度を取るし、董卓もその挨拶を鷹揚に受けた。そして宮廷作法に長じた皇甫嵩とは違い、董卓（というか軍部の将軍はほぼ全員）は長々と前置きを置かれることを嫌うところがある。よって挨拶もそこそこに本題に移るよう彼を促した。

「えぇ、実は閣下に確認したいことが有りまして」

皇甫嵩としても、やればできるが別に長々と時候の挨拶や前置きを語りたいわけでは無い。そのため皇甫嵩にとって董卓のこの申し出はありがたかった。ほっとしたような表情を浮かべて本題に入る。

「確認したいこと？」

官軍や司隷の軍勢に関わる気がない董卓は『なんの話かしらんが、聞きたいことが有るなら弘農へ行けばよいものを』と言いたくなるのをぐっと堪《こら》えて、話の続きを待つ。それを言ったが最後、どこからともなく『ほう？』という声が聞こえてきそうな気がしたからだ。

「えぇ。最近の長安の様子についてなのですが……」

「あぁ長安か、連中がまた何かやらかしたか？」

もうこの一言だけで皇甫嵩の言いたいことがわかってしまい、心の中で溜息を吐く董卓。だが、長安に関しては自分も無関係ではない。というか、がっつり絡んでいる。

「何か、ではございませんぞ！」

「お。おぉう」

「某も将軍としての任に専念するため、政に関わることについては口を出す気は有りませんでした！　が、先だっての袁術に対する逆賊認定の解除に始まり、露骨な人材の優遇政策など、最近の楊彪殿と王允殿のやりようは限度を超えておりますぞ！」

「う、うむ……」

自分ですら思わず仰け反るほどの勢いで身を乗り出し、力説する皇甫嵩に対して「コイツ、こんなヤツだったか？」と疑問に思うも、皇甫嵩の憤りも理解出来ると頷いて見せる。

そもそも袁術の恩赦に関しては楊彪が勝手にその許可を出して劉協の許可を引き出した結果の産物であり、弘農の劉弁は認めていなかった。

当初は丞相である劉協も恩赦を認めていなかったのだが、司空である楊彪が『元々袁紹と袁術を嚙み合わせる事は陛下の計画にあった』だの『袁術に対する餌として使うだけだ』だのと言って幼い劉協を言いくるめ、半ば無理やり認めさせたに過ぎない。そして丞相である劉協が決めたことに関して、皇帝であり兄でもある劉弁は、劉協の立場を慮《おもんぱか》る意味もあり、彼の決定を頭から否定しないということまで織り込んでいるおまけ付きである。

これにより袁術は『皇帝から条件付きで許された』と喧伝することが可能となり、今ではコレを利用して自らの立場の強化と配下の引き締めを行っていた。

しかしこれは根回しと言えば聞こえが良いかもしれないが、厳密に言えば楊彪による勅の偽造と言える行為だ。それは数年前まで勅を好き勝手に偽造し、自分たちの権力の強化を図っていた十常侍や、偽勅を根拠にして反董卓連合という名の逆賊の集団を作り上げた橋瑁と何が違うのか？

元々帝派と言っても良い人間である皇甫嵩からすれば、漸く洛陽の澱みが無くなったと思ったら、劉協の周りに居る連中が同じような存在に変貌しているようにしか見えないのだろう。確かに楊彪が当主を務める弘農楊家は弘農の名門である。また袁家と婚姻関係を結んでいるので、旧来の名家と言えばその通りだ。さらにどこぞの腹黒の実家とも繋がりが有るので、董卓としても中々に文句を言いづらいところがあるという事情もある。

それらの事情に加え、司空と言う三公の身分にあることもあって、今の楊彪に対して正面から文句を言える人間はかなり少ない。その数少ない人間の一人である王允はというと……有り体に言って楊彪以上に酷かった。

「王允殿に至っては閣下の兵を半ば私物化した上で『治安維持の為』と銘打って己に敵対する者の粛清を行っております！　これは由々しきことですぞ！」

「……うむ」

現在司徒として劉協の側に侍る王允は、将軍として黄巾の討伐に従事したことも有り、それなりの経験を備える人物であった。そんな彼は、董卓が政の中枢たる長安を離れ、郿に造った城に留まることを公表した際、同郷である并州勢を長安に留めて欲しいと董卓に依頼をしていた。董卓としても反董卓連合が解散した以上、自身が必要以上の兵力を持っていると周囲から無駄に警戒されると言うことを自覚していたし、なにより配下に派閥を作ることに抵抗もあったので、王允の下に呂《りょ》布《ふ》を筆頭とした并州勢を派遣することで王允からの要望を受け入れた。

問題はここからだ。そうして得た武力を背景に王允は、長安内部に巣食う反董卓連合の関係者の粛清を行うようになったのだ。

尤も、これだけなら特に問題はないのだ。法に違反したものを裁くのも三公の仕事なのだから、この部分で文句をいう人間はいない。

問題なのは、彼が自分の意見に反対する者や王允に否定的な態度を取る者まで粛清していることだ。これまで幾度となく洛陽の連中に自分の意見を否定されて来た董卓にすれば、己の陰口だろうが否定意見だろうが好きに言えば良いと思っているし、長安への遷都に関しては今も賛否があることを知っている。しかし遷都が終わった今、そのことにどうこう抜かしても無駄であることも知っているので『勝手に言わせておけ』と聞き流すだけの話だったのだが、王允はそれすら我慢ができなかったらしい。

彼は自分たちが主導して行った遷都を『悪しきこと』と断じた名家の人間を逆賊として捕らえたり、捕らえた者に拷問を行ったり、王允が上奏した政策を貶すようなことを口にした民を捕らえて殺すようになった。この病的とも言える保身行動の最大の被害者として知られるのが、長安の遷都については理解を示したが、その後の施政について疑問を抱き、劉協に対して政策の意見具申をした蔡邕《さいよう》である。

彼はその才を董卓や荀攸《じゅんゆう》に認められてこれまで漢史の編纂に当たっていたのだが、ある日、彼に自身の政策を否定された王允は、蔡邕が史書に己の悪評を記すのではないか？　と不安になり、彼を投獄してしまう。

その話を聞いた董卓は「訳の分からないことをするな！」と言って蔡邕を解放するよう劉協に働きかけ、董卓からの上奏を聞いた劉協が即座に蔡邕を牢から解放させるよう動いたのだが、王允は「罪人の解放は大将軍のすることではない」などと今も周囲にグチグチと言い募っているらしい。

また王允は理想主義的なところもあり、その政策は現実からかけ離れたものも多々あった。

たとえば子飼いの文官から「将来、銭が不足するかもしれない」という意見が有った。この際、彼は「無ければ造ればいい」と宣《のたま》い、劉協に五銖銭《ごしゅせん》の増幣を上奏した。だが、その際に銅の含有率を下げて量を増やすことも重ねて提案していたという。

この話を聞いたとき董卓は「別に良いのではないか？」としか思わなかったのだが、流石に銭の改鋳は丞相でしかない劉協の権限を逸脱した行為だったので、劉協が王允によって上奏された草案をそのまま弘農に送ったところ、劉弁から『却下。銭に関しては今すぐ不足するわけではないから大人しくしているように』と返ってきたことが有ったらしい。

この時も王允は、自分が無能者扱いされることを恐れたのか『これは大将軍も認めたことだ！』などと言って、関係者を巻き込むかのような発言をし『政から離れている大将軍に何の関係が有るのか』と周囲から失笑を買ったとか。

董卓も『そこで俺の名前を出されてもなぁ』と苦笑いするしかなかったので、この話は彼らの中では笑い話でしかないのだが、王允はそうやって自身が笑い話の種になることも許せないらしく、長安近郊では飲酒や村祭りの開催などに関しても締め付けが厳しくなっているとか。当然この行為も問題である。だが、分類すれば政に関することなので、これだけなら皇甫嵩も口を出す気はなかった。

しかしその締め付けを行っているのが、官軍ではなく王允の私兵のような扱いを受けている幷州勢であるというなら話は別だ。

「現在長安では、幷州勢や王允殿への批判だけではなく、閣下の悪評も流れておりますぞ！」

「……俺の悪評なんざ今更のことだしなぁ」

今まで散々洛陽の連中に陰口を叩かれて来た自覚があるし『その気になればいつでも踏みつぶせる連中が何を囀《さえず》っても心に響くものはない』というのが董卓の素直な気持ちだった。

「閣下がそんなことでどうしますか！」

「いや、俺が怒ったら困るからこうしてお主が来たんじゃないのか？」

「それもありますが……！」

董卓が政に口を出す気が無いことを知っている皇甫嵩にすれば、王允の行動は董卓に罪を擦《なす》り付けようとしているようにしか見えなかった。そこで彼が懸念したのは、董卓が言うように『もしも董卓が己の悪評を流されていることに激怒して長安に兵を進めたらどうする？』ということだった。

前の戦で二〇万の連合軍を歯牙にもかけなかった董卓の軍勢が大挙して襲ってきたら、長安は間違いなく陥落するだろう。そうなれば洛陽と長安を立て続けに失った皇室の威は間違いなく地に落ちることになる。それを回避するためにこうして董卓の下を訪れたのだから、今の段階で董卓が怒りを覚えていないことは、確かに皇甫嵩にとっても朗報と言える。しかし、だからと言って王允の暴走をそのままにもしておけないという気持ちもある皇甫嵩は、彼が元々考えていたことを董卓へと上奏することにした。

「閣下、幷州勢を長安から引き揚げることは可能ですか？」

「……ふむ」

皇甫嵩は、王允が調子に乗っているのは劉協が幼いことに加えて、手元に幷州勢《大将軍からの委任状》が有るからだと考えていた。ならばまずは董卓が王允に預けた軍勢を回収することで、その動きを掣肘《せいちゅう》できると踏んだのだ。

その程度のことは当然董卓も理解している。王允に対して政治的な委任状を渡しているのも事実だし、王允がそれを使って調子に乗っているのもわかったし、その結果自身に悪評が生まれつつあることも理解した。

しかし董卓には王允を罷免（この場合はそれに近いことになる）した場合、後任として誰に政を任せれば良いのか判別ができない。そのため王允の失脚に繋がるような真似は簡単に決断できることではなかった。だからと言ってここで何もしなければ、董卓は長安の官軍からの支持を失うことになるだろう。

（別にそれでも問題はないが、無視し続けるのも悪手だな）

悪評はともかく暴政に加担していると思われるのはいいことではない。そう判断した董卓は、弘農にいる皇帝陛下……の代理人にぶん投げることにした。

「お主の言いたいことは分かった。畏れ多いことだが、一度弘農の陛下に連絡を取ろう」

「……弘農ですか、なるほど」

一見無責任な行為に見えるが、普段から『政に関係しない』と公言している董卓の判断としては間違ったものではないし、そもそも政に対する権限を持たない大将軍が都の統治に関して絶対君主である皇帝に確認を取るのはおかしな行為ではない。皇帝の代理である丞相の劉協からすれば、自分を飛び越して勝手に劉弁に接触されたことに文句も出るかもしれないが、ことは常に劉協の側に侍る王允に関することである。

さらに言えば、皇帝である劉弁が幼いことも喪に服している最中のため公務には関われないことも承知しているものの、その劉弁の側に侍る男は王允を遥かに凌ぐ政治家だということは皇甫嵩も知っていた。

故に、そんな彼の意見も聞いてみたいという気持ちもあった皇甫嵩は、董卓が問題を弘農にぶん投げたことを無責任と思うことはなく、むしろ王允の暴政を止められるであろう意見を引き出せたことに満足して悠々と長安へと帰還していったそうな。

一一月　司隷・弘農郡弘農

「ここが弘農……ここにお爺様を苦しめる外道が居るのね！」

「そうですね！」

「……お父様が認める方がどれほどの方、か。王允のような俗物とは違うことを願うわ」

「「ん？」」

同じ時代を生き、同じように歴史に名を残したものの終《つい》ぞ顔を合わせることのなかった少女たちが顔を合わせた瞬間であった。

二

時は少し遡り、董卓が弘農へ使者を送り出す前日の事である。

「う～む。どうしたものか」

董卓は悩んでいた。それはもう悩んで悩んで、悩みまくっていた。

「大将、こっちは準備出来ましたって……まだ悩んでいるんですかい？」

「まったく、どんだけ悩んでいやがるんですか」

「うるせぇ！　かわいい孫娘を心配して何が悪ぃってんだ！」

そんなところに彼の命令を受けていた子分……もとい配下の李傕《りかく》と郭汜《かくし》がきて、あまりにも無神経なことを言うものだから、董卓は声を荒らげて両者を睨みつけた。これが長安の文官なら恐れ戦《おのの》いて小便でも漏らすかもしれないが、昔から董卓を知る二人はどこ吹く風。

「いや、アンタお嬢さんの時はそんな心配しなかったでしょうに」

「娘婿になった牛輔の旦那は殴り飛ばされたけどな」

「娘と孫娘は違うだろ！」

「いや、知らねぇし」

「お嬢さんに報告報告っと」

長安の文官なら顔を真っ青にして許しを請うほどの怒りを見せた董卓だったが、二人はあっさりとその怒りを受け流し、あまつさえ反撃をする始末。しかし董卓にしても、今更彼らのこういった態度を不快に思うことはない。

「クソっ、これだから可愛い孫娘が居ねぇ連中は駄目なんだよ！　つーかわざわざ娘に報告すんじゃねぇ！」

……孫娘も大事だが、娘は娘で大事らしい。

というか今の彼に、そんなことを気にしている余裕はないのだ。これについては『男親とはこんなものだ』としか言えないところである。

「いや、孫娘が居ねぇから駄目って」

「孫は孫でも孫娘限定かよ。そんな説教初めて聞いたぜ」

怒りの叫び声を向けられた両者にしても、今更董卓の怒鳴り声程度で竦《すく》むほど面の皮は薄くない。むしろ「しょーもないことに悩んでないでさっさと諦めろ」と言わんばかりに首をすくめて突っ込みを入れる余裕まである。

いや、彼らとて、もしも董卓の悩みが敵の討伐がどうのというような軍事的なことであったならばもう少し真面目に話を聞いていた。しかし今回のこれはあまりにも阿呆らしい悩みだったので、その対応もこのようにおざなりになってしまうのは仕方のないことと言える。

ではその董卓の悩みとは何か？　というと……これには先ほど董卓が叫んだ『孫娘』が関わっていた。

「「そもそもお嬢を弘農に送るって決めたのは大将でしょうが」」

「ぐぬっ！」

そう。先日皇甫嵩から直訴を受けた董卓は弘農へ使者を出すことにしたのだが、その人選の最中、孫娘から「自分も弘農に行って陛下にご挨拶をしたい」と言われ、ついつい彼女の弘農行きを承諾してしまったのだ。元々孫娘に甘い董卓には彼女からの頼みを断るという選択肢は無かったのだが、弘農行きを承諾した後で喜ぶ孫娘の姿を見て、彼は様々な不安に駆られてしまった。

一つ目の不安は『可愛い孫娘が帝に見初められたらどうしよう……』というものであった。年齢的には劉弁が一五歳で孫娘が一三歳であるので、これは無い話ではない。

もしそうなった場合、普通に考えれば目出度《めでた》い（それどころではない）ことではあるのだが、皇帝の妻というのがどれだけの重責なのか、後宮の魔境っぷりを漠然とではあるが理解している董卓としては、そんなところに可愛い孫娘を送り込むつもりはなかった。

だからと言って皇帝が彼女に全く興味が無いような素振りをしたら『うちの孫娘の何が不満なんだ!?』と殴り込みをかける可能性が有るのだから、面倒この上ない男である。

皇帝に見初められることを恐れる祖父心はさておくとして、不安はまだある。

それは言うまでもなく弘農に居る腹黒外道の存在だ。いや、彼が孫娘に興味を抱くのは、百歩譲って許そう。彼と縁戚になるなら、孫娘は間違いなく勝ち馬に乗れるからだ。

しかし彼の弟子《司馬懿仲達》は別だ。あの、情緒というか、人としてのナニカをどこかに置いて来たような少年・司馬懿《しばい》の妻になどなったら、自由を愛する孫娘は間違いなく心を病むだろうことは想像に難くない。司馬懿の付き人《徐庶元直》？　どこの馬の骨とも知れん優男に孫娘はやらん！

それ以外にも、弘農に居る腹黒の周りには若手が多いのでどこの誰が孫娘にちょっかいを出してくるか分からないということが董卓としては不安で不安でしょうがなかった。

その為、護衛＋虫除けとして李傕と郭汜の二人を派遣することにしたのだが、そもそもこの二人は彼や彼の弟子である司馬懿を苦手としているわけで……もしも彼が自身の部下との婚姻などを仲介してきた場合、毅然とした態度で断れるとは到底思えない（たとえ董卓本人でも無理なので、責めはしないが）。

だから董卓は本心では孫娘を弘農になど送りたくなかった。しかし孫娘にはすでに許可を出してしまっているし、出発を控えた今となっては大喜びで色々な準備をしていたこともすでに知っている。だから、もしもここで『やっぱり駄目』などと言おうものなら、孫娘から冷たい目を向けられた上に批難されること請け合いである。

ある意味病的なまでに孫娘を溺愛する董卓としては、そのような目には絶対に遭いたくなかった。更に言うならば、彼女を弘農に送るということは、後宮に女官を送り込むと同義。つまり劉弁に対して忠義を示す為の人質を送るという意味合いもある。

部下に聞けば『今更そんなことが必要か？』と言われるかもしれないが、何だかんだで董卓も五〇を越えているし、自分の一族の者に大将軍なんて大層な役職が務まる者がいないことは、自分が一番良く理解している。よって、最近の董卓はもし自分が死んだ場合、残された一族はどうなるだろうか？　と考えることが多くなっていた。このことを考えれば、家長として皇帝との繋ぎを付けておくべきだと判断せざるを得なかった。

今のまま自分が死ねばまともな政治を知らない一族の者たちは長安の連中に足を引っ張られ、その力を失うことになる。それがありありとわかってしまうから。

それだけではない。最悪の場合、現在王允が犯している失策に関わる全てが董卓に押し付けられ、一族が処刑されることすら考えられるのだ。これは袁紹らによって何進や何進の一族が似たような目に遭っているので、董卓とて決して他人事ではない。

そして、もしそうなった場合、可愛い孫娘はどうなるだろうか？

「ゆ　る　さ　ん」

「大将ぉ。殺意溢《あふ》れてますって」

「またか……飽きねぇなぁ」

「やかましい！」

想像するだけで周囲が注意するほどの殺意が滲《にじ》み出るようなことをされる可能性が高いだろう。無論自分が生きている間にそんなことをさせるつもりは無い。しかし死んだ後の事を考えれば不安が残るのも事実。

故に董卓は断腸の思いで孫娘を自分から引き離し、皇帝……というか、その師である太傅《たいふ》の側に置くことが彼女の安全の保障になるのではないか？　と考えた。そうして何とか己を納得させていたのだが、出発の前日になって各種不安がぶり返して来たのだ。

もちろん先述した以外にも色々な不安はある。しかし、可愛い孫娘の安全や彼女の気持ちを考えれば、その不安を押しとどめる必要があることも事実。大体にして、未だ若い彼女が右扶風のような田舎より、長安や弘農と言った都会に興味が有るのも当然のことではないか。

それに祖父として考えた場合でも、このような田舎で目の前の二人のような下品で頭の中まで筋肉が詰まったムサい男を旦那にするくらいなら、都会で書類仕事ができる武人を見つけて欲しいという気持ちもある。

これは立場上自由な恋愛ができない身分となってしまった孫娘に、せめて良い男がいる環境を作ろうとする祖父心だ。……その割には誰かにちょっかいをかけられることを不安がっているのだが、それもまた孫娘を心配する祖父心なのだ。

「むぅ。どうにかして有望株だけが接触するようにできんものか。……いや、そもそもどこまでが有望株と言えるのかもわからん。まかり間違ってもこいつらのような破落戸《ごろつき》とは違う相手を見つけてほしいが……」

「おいおい、いきなり破落戸呼ばわりされたぞ」

「ひでぇ言われようだな。否定できねぇけど」

いきなり罵倒された二人にしてみれば目の前の男こそ破落戸の頭領なので、内心では『お前が言うな！』状態なのだが、それはそれとして自分たちが破落戸なのは事実なので、特にそのことについて反論はしなかった。しかし何事にも限度というものがある。

「ちょっと待て、焦るな、まだ早い。そうだ早い。あの子が弘農に行く必要なんか……」

「あ、また最初に戻ったぞ」

「いい加減諦めろってんだ」

こうして話がループするとなれば、流石の二人でも文句の一つも出るというものだ。

「やかましい！　こっちは真剣なんだよっ！」

文句を言ってきた二人に対して怒鳴ったかと思えば、董卓はどうやって孫娘を説得するかを悩み始める。

「う～む。どうしたもんか」

「「……ダメだこりゃ」」

結局この日も、孫娘を愛する祖父の悩みはとどまるところをしらなかったそうな。

そんな二律背反に悩む董卓を他所《よそ》に、件《くだん》の孫娘は嬉々として出立の準備を終え、弘農への使者と自分の護衛を兼任する李傕と郭汜の到着を今か今かと待っていた。

「ふふふ。やっと弘農に行けるわ！」

「お嬢様はずっと行きたいって言っておりましたからねぇ」

「えぇ！　ずっと楽しみにしていたのよ！」

西域の血が入っているのか、一般の漢人よりも肌の色が白いだけでなく、髪の色も白に見える小柄な少女は、満面の笑みでお付きの女官に答える。

一見すると華奢であり、祖父である董卓から溺愛されて育ってきたことから、筋金入りの箱入り娘と思われがちだが、そもそも董卓が中央で出世したのはつい最近のこと。そして忘れがちではあるのだが、出世する前の董卓は辺境の異民族を相手に武威を示していたバリバリの現場指揮官だった。よって孫娘である彼女が董卓から過保護に扱われていたと言っても、それはあくまで辺境の価値観に於いての話。

幼少の頃から馬に乗って狩りをするのは当たり前だった（董卓も彼女と一緒に狩りをするのを楽しんでいた）し、自衛の技術を学ぶために弓以外の武器の修練だってしているのだ。

そんな生活を送ってきた彼女は、馬上に於いての技術に限れば現時点でも漢の武人の中でも上位に入るだけの実力があるのは確かである。

実際、祖父馬鹿を全開にした董卓だけでなく、叔父である牛輔や董卓が孫娘の護衛を任せるほどに信頼している李傕と郭汜ですら、お世辞抜きで称賛するレベルの技術を持っているのだ。そういう意味で彼女はただのお嬢様ではない。

そんなお嬢様が弘農への出仕を嘆願した理由はただ一つ。

「……絶対に許さないんだからっ！」

そう。彼女の目的は敬愛する祖父の仇討ち（まだ死んでない）である。

今はそれほどではないが、洛陽から長安に戻ってきた時の董卓は、慢性的な胃痛と頭痛と睡眠不足のせいでかなり酷い状態だったのだ。そんな祖父の姿を思い出すだけで、自身の体の中から殺意が滲み出るのを感じる程に、彼女は弘農に居るという外道とやらに対して敵意を燃やしていたのであった。

「お嬢様、あまり大きな声を出されますと……」

「あ、そうね！」

思わず口に出てしまったが、彼女の目的はこの女官以外は誰も知らない。何故なら、それが知られたら周囲に止められてしまうことを少女たちは理解していたからだ。

「お祖父様《董卓》もそうだけど、叔父上《牛輔》も李傕も郭汜も徐栄も華雄も張繡《ちょうしゅう》も李粛《りしゅく》も、みーんな弘農の外道に復讐する気なんかないみたいだもんね！」

「はい。ですから今の段階で皆様にお嬢様の目的がバレたら、弘農行きを止められてしまいますよ」

「そうよね。今までは『弘農』って言葉さえ口に出したら止められていたくらいだし」

普段から、舐められたらアカン。舐められたら殺れ。殺られる前に殺れ。殺られたら殺り返せ。などと言っていた連中なのに、最近は彼女が「ねぇ、陛下がいる弘農ってどんなところなの？」と弘農の情報収集をしようとするだけで、いきなりキョロキョロと周りを確認しだしたかと思ったら、真顔で『お嬢、弘農に関わっちゃ駄目だ。下手に関われば死ぬより辛い目に遭います』と忠告をしてくる程に、今の董卓陣営の者たちは弘農の話題を口に出すことを恐れていたからだ。

そんな彼らに共通するのがナニカに対する恐怖であり、端から見ても完全に心を折られているのがわかってしまう。涼州の荒野で生まれ育ち、中原のぬるま湯に浸かった役人を恐れるなど有り得ないことだという思いがある彼女からすれば、このわずか一年と少しで彼らが変貌したことは信じられないことであった。

故にその内心をひた隠し、祖父を含めたみんなを変えた元凶を探ること数か月。彼女は漸く弘農に居る『外道』とやらが犯人であることを突き止めることに成功する。

彼女が探ったところどうやらその外道とやらは、幼き皇帝を陰で操ることで祖父たちを顎で使っていたらしい。そのことを知った彼女は「誇り高き涼州の武人を皇帝陛下の威を利用して操る卑怯者め！」と怒り狂った。

「木っ端役人に分際を思い知らせてやるわ！」

「その意気です！　お嬢様！」

立場のある祖父なら色々問題があるかもしれないが、いくら木っ端役人であっても一介の男子が『一二三歳の小娘にやられた』などと言って報復することなどできまい。

彼女が狙うは外道の首一つ！（実際に殺す気はないが、その尊厳は殺すつもり）

「さぁ行くわよ！　王異《おうい》っ！」

「はいっ！　お嬢様！」

涼州の、否、今や漢の武人を代表する大将軍・董卓の孫娘という誇りを胸に、彼女は弘農へと出発したのであった。

……もしこの時点で董卓が彼女の狙いを知ったならば、その場で血を吐いて倒れるか、なんとしても彼女を押しとどめていただろう。しかし、幸か不幸か彼女の側仕えの女官である王異は優秀であった。どれだけ優秀かと言えば、主君の想い《狙い》を誰にも漏洩させることのないまま、彼女を弘農へと辿り着かせてしまうほどに優秀であった。

流石は後世、馬超の猛威に対抗し続けた女傑である。涼州の脳筋たちとは頭の出来が違う。

「ここが弘農……ここにお爺様を苦しめる外道が居るのね！」

敬愛する祖父の仇を討たんとし、思わず手綱に力を入れる少女。

その名は董白《とうはく》。彼女が弘農で何を成すのか。それは誰にもわからない。

二八　蔡家の事情

司隷・京兆尹《けいちょういん》・長安

董卓が董白を送り出すことに悶々としていた頃、ここ長安でも一組の親子が今後について話し合いをしようとしていた。

「お父様、琰《えん》です。お呼びとのことでしたので参上致しました」

「うむ。まぁ座れ」

「はい」

少女が父の許可を得て部屋に入れば、そこには唯々《ただただ》殺風景な光景が広がる空間があった。

（随分と殺風景になりましたね）

元々彼女の父は漢史の編纂を任じられていたこともあって、今までは職場に収まりきらなかった史料を自宅にまで持ち帰り、その史料が彼の部屋どころか、屋敷全体に溢れていたのだが、今は部屋の中央に机と椅子が二つあるだけであった。

その机を前にして椅子に座る父は、この寂寥《せきりよう》を感じさせる部屋に何を思うのだろうか。

（お労《いたわ》しや父上……）

感受性豊かな彼女は、父が抱えている怒りや哀惜と言った想いが手に取るように理解できてしまう。

しかし父は慰めなど求めていない。それも年端も行かぬ娘からの慰めなど、ただの嫌味にしかならぬ。父の気高さを知る少女は、無意識のうちに口元まで出掛かった慰労の言葉を飲み込み、無言で父の対面の席に座る。

少女の名は蔡琰《さいえん》。そして少女が誇る父の名は蔡邕といった。

「今回お主を呼んだのは他でもない、お主の去就についてだ」

「……はい」

普段から厳格な父ではあるが、娘である自分を前にしてここまで深刻な顔をしたことなど、今まで数える程しか無かったことを考えれば、今回の呼び出しは相当に重要な内容だということが推し量れた。

さらに父が告げた内容が『去就』というのであれば、それは婚姻などの慶事ではなく、長安からの逃亡を意味することも、聡明な彼女は理解していた。理解できてしまった。

「お主もわかっていようが、我らは危うい立場にある」

「……はい」

それはそうだろう。すぐに釈放されたとはいえ、司徒の王允によって投獄されたのだ。しかもその内容が、王允や司空の楊彪が行っている政に対しての疑問を呈した為という、かつての十常侍のような理屈での投獄となれば、いかに釈放されたとはいえ危機感を抱くなという方が無理が有る。

事実、この屋敷にあった史料は全て持ち出されている上に、今も蔡邕は監視され出仕も許されていない状況だ。

……これがどこぞの腹黒に毒された連中なら『休暇だ！』と喜び勇んで寝台に向かい、思うがまま惰眠を貪るのだろう。しかし残念ながら彼らはそこまで病んではいなかった。

「このままでは適当な理由を付けられ、再度投獄される可能性が高い。そして今度は助命嘆願が届く前に首を討たれよう」

「……」

蔡琰としては悲観的な父の意見を否定したいところであったが、この時代の人間として名誉に拘るのは当然のことであり、董卓のように史書に己の悪名が残ることを認めるような人間は極々稀であることを知っているので楽観的な意見を唱えることができなかった。

そんな娘の気持ちを知ってか知らずか、蔡邕は厳しい顔を綻ばせて、娘の心配を取り除こうとする。

「私は良いのだ。この歳まで生きたし、お前という才ある娘を得た。従弟もすでに長安におらん。

よって、もし私が死んだとて、一族が潰《つい》えることはない。そう思えば、一族の当主として悔いはない」

「お父様……」

どこぞの腹黒は六〇を過ぎたら隠居などと公言しているが、この時代は、四〇にして惑わず、五〇にして天命を知り、六〇にして耳順《みみしたが》う、という言葉が有るように、六〇まで生きれば十分な大往生だ。

故に、今年で六〇となった蔡邕の言葉はただの強がりではない。いや、彼が現在やりかけの仕事、それも漢史の編集という大仕事が半ばで終わることに対して未練が無いとは口が裂けても言えないが、それでもいつ死んでも諦めがつくという言葉に偽りはない。

「だがお主の父としては別だ」

だからといって蔡琰も父が死ぬことを良しとするわけではないのだが、しかし聡明な彼女は彼の顔を見ただけで、父が本当に言いたいことが何なのかを理解してしまっていた。

「……お父様は私に『生きろ』と、そうおっしゃるのですね？」

「そうだ」

瞳に涙を湛えながらその意思を問えば、蔡邕は『よくぞ見抜いた。それでこそ我が娘よ』と、自慢の娘に笑顔を向ける。

（あぁ、お父様はもう……）

その父の笑顔があまりにも儚いものだったので、蔡琰は涙を止めることができなくなってしまった。

「未だ幼いお主に無茶を言っているのはわかる。しかしここで私と共にお主まで死んでしまっては、私が亡き妻に叱られてしまうではないか」

「お、お父様……」

嗚咽《おえつ》している蔡琰を優しく抱きしめ、あやすように頭を撫でながら優しい口調で告げられた言葉は、まさかの「自分が妻に叱られるから娘を逃がす」というものであった。

そこはせめて「娘の未来を」とか「孫が見たかった」といった感じにして欲しかったところだが、これが彼の精一杯の配慮であるということもわかっていた蔡琰は、彼の言葉を受けると、涙を拭い、己の中にあった弱気を吹き飛ばすように自分の頬をパチンッと叩いた。

「え、琰?」

「……お父様、私はもう大丈夫です！」

音が出るくらい強く頬を叩いたことで予想以上のダメージを受けて、若干涙目になる蔡琰だったが、ここは無理をしてでも泣くべきじゃない！　と己を奮い立たせ、自分は大丈夫だ！　と父に見せつけようとする。

ここで愛娘の覚悟を見た蔡邕が涙を堪えて抱きしめる……ことができれば感動の一幕の完成だったのだが、あろうことか蔡邕は腰に手を当てて毅然と立つ蔡琰を見て、一瞬目を見開いたかと思ったら……。

「ふっふふ。はははは！」

笑いだしたのだ。泣くでも抱きしめるでもなく、いきなり笑いだしたのだ。

「わ、笑うところじゃないですよ！」

憮然とする蔡琰に対して、蔡邕は申し訳ないと思いながらもその笑いをこらえることができなかった。正確にはこらえようとしなかった。

なにせ彼にしてみたら、今まで自分の腕の中で泣いていた娘が、急に自分の頬を叩いたかと思ったら、頬に真っ赤な痕をつけてキリッとした顔を向けてきたのだ。その健気な様子が愛おしいという思いもあれば、年端もいかない娘を一人に、それも罪人の子にしてしまうかもしれないということに、申し訳なさもある。

様々な感情に襲われた彼は、泣きそうになっている自分に気付いてしまう。しかし『ここで涙を流しては娘の覚悟を無下にすることになってしまう』と感じた彼は笑うことにしたのだ。

笑うことで涙を拭い、そうして明るく別れようとしたのだが、肝心要の愛娘は蔡邕の態度が気に入らなかったらしく、頬を膨らませて上目遣いで睨んでくる。

「はははは！」

この顔が、この態度が、もう二度と見ることのできないものになるかもしれない。故に彼は瞳の奥から溢れてくる涙を拭いながら、必死で笑い、必死に彼女の顔を目に焼き付けようとしていた。

「ん～もう！」

　父親が自分の顔を見て笑っていることに気づいた蔡琰だが、流石に娘を愛する男親の気持ちまでは分からず、ただ自分の覚悟を笑われたと思って不機嫌になるだけであった。しかし頬に手の型をつけたままでは、どんな表情をしてもそこに怖さなど生まれるはずもない。この後、蔡邕は長々と笑われ続けて不機嫌になった彼女がマジギレする寸前まで笑い通した。


～～～～～～～～～～～～～～～～～～～～～～～～～～～～～～～～～～～～～～～


「……それで、これから私は大将軍閣下のところに行けばよろしいのでしょうか？」

　蔡邕の笑い《涙》が収まったことを確認した蔡琰は、不機嫌になりながらも己のすることを忘れてはいない。むしろ父の涙の痕を見た今では、自分が心置きなく旅立てるように、わざとあのように明るく振舞ったということも理解していた。

「いや、そうではない」

「え？」

　だからこそ父の想いに応えるために、まずは蔡邕と個人的な付き合いもあり、先日の投獄騒ぎに於いても彼を釈放するように働きかけてくれた董卓の下へと向かうべきか？　と尋ねたのだが、蔡邕は董卓を頼るべきでは無いと考えていた。

「董卓殿の下も決して安泰というわけではないのだ」

「……そうなのですか？」

彼女は絶対の武力を持つ大将軍以上に頼れる者はいないと考えていたのだが、父は彼の下すら安泰では無いという。武人ではない彼女からすれば反応に困ること甚だしいところではあったが、続く言葉でその認識を改めることになる。

「うむ。なにせ董卓殿も五〇を越えておるからな。……彼が健康な内は良いだろう。しかしそうでなくなった場合、王允や楊彪が彼の勢力を見逃すとは思えん」

「……なるほど」

都の近くに圧倒的な武力を持つ存在が居るというのは、味方ならば心強いが、心に疚《やま》しいことがある者にとっては尋常ではない重圧となる。今はその重圧こそが長安にいる連中の暴走を抑えているが、そもそも彼ら名家の人間は己の頭を抑えられることを特に嫌う連中だ。

これが皇甫嵩のような軍人ならば、生まれや育ちに関係なくその職責に応じた対応ができるのだろう。しかし残念ながら王允らはそのような割り切りができるような人間ではないということは、身に染みて思い知っている。

父の言うように、董卓が生きている内はまだ良いだろう。しかし、彼の後継者にまで頭を抑えられた場合、王允らが我慢を続けることができるとは蔡琰にも思えなかった。むしろ後継者争いを発生させて、自分達の影響力を高めようと画策する可能性が高いだろう。その際、自分がどのような扱いを受けるか。それを考えれば、確かに董卓の下へは行かない方が良いのかもしれない。

「ならばどこに向かうべきなのでしょうか？」

董卓の下も危険が有るということはわかった。しかし、それを言ったらこの乱世に絶対安全な場所など存在しないのではないか？

蔡琰には董卓以上の避難先が思い浮かばなかったが、父には董卓以外の選択肢があるのだろう。そうでなければわざわざ自分を逃がそうとはしないはずだ。そう考えた彼女は、素直に教えを請うことにした。

「うむ。一つだけ宛てがある。……畏れ多いことではあるが、な」

「畏れ多い？　まさか！」

「うむ。お主が気付いたように。弘農だ」

「……やはりそうですか」

【弘農】それは蔡琰があえて候補から外していた安全地帯だ。

安全地帯なのに何故候補から外すのか？　と思う者もいるかもしれない。

しかし今の弘農はただの司隷の一郡ではないのだ。

「弘農は陛下が喪に服している地。そこに火種を持ち込むのは不敬ではありませんか？」

そう。現在の弘農は今上《きんじょう》の帝が先帝の喪に服している地であり、反董卓連合ですら立ち入ることをしなかった一種の聖域。故に弘農が荒事からほど遠い場所であるのは事実なのだが、蔡琰としては、そこに司徒である王允から敵視されている自分が行くのは不味いという思いがあった。

「気持ちはわかる。しかし、だからこそ弘農なのだ」

「だからこそ？」

弘農に争いを持ち込んではならないという娘の思いは蔡邕も理解している。いや、むしろ娘よりも長く儒の教えに浸かった蔡邕の方が、喪に服している帝の宸襟《しんきん》を騒がせるような行為に対する忌避感は強いかもしれない。だが、それは王允や楊彪とて同じなのだ。だからこそ娘の安全は保たれると言う確信もあるし、何より弘農には董卓すら恐れる外道が居るというのが大きかった。

「うむ。お主は陛下のお側に侍るのではなく、太傅殿のお側仕えとして就くことができるよう、荀攸殿に依頼する予定だ」

「太傅様、それに荀攸様ですか？」

「うむ。彼ならば王允など歯牙にも掛けんはずだからな」

然り気無く巻き込まれた荀攸だが、蔡邕の持つコネの中で、現在弘農に居る人間の中で一番発言力が強いのは彼だから仕方ないと言えば仕方ないことだろう。

「噂は聞いておりますが、それほどの方なのですか？」

「……どちらかと言えば噂の方が過小だな」

「そ、そうですか」

遠い目をする父に何かを感じ取ったのか。頬を引きつらせる蔡琰。

（一体どんな方なのかしら？）

彼女が聞いたところによれば、弘農に生息するその外道は、いまだ二〇代でありながら太傅という三公よりも高い官職に就いているほどの人物だ。そんな立場の人間なので当然三公である司徒の官職に就いている王允の権威は通じない。

また、彼は我欲が薄い上に、皇帝の信任も厚く、さらには現在の大将軍府では常識となりつつある『才が有ればどんな出自の者でも使う』と言う制度を制定した人物でもあるらしい。

その仕事ぶりは、日が昇る前から日が沈んだ後も働くことで知られ、気質は質実にして剛健。身分を笠に着た不正や配下の怠惰を許さず、どんな立場の者であっても罪を犯したならば容赦なく裁くという。

どれだけ高価な物であっても賄賂を受け取らず、どれだけの立場の者にも忖度《そんたく》しないその姿は正しく鉄血。更に兵を率いた際の武略や個人の武にも定評が有り、荒くれ者が集まる董卓配下の涼州勢はもとより、漢に叛旗を翻した羌族ですら、彼の将旗を目に入れたなら一目散に逃げ出すか身を投げ出して赦しを乞うという有り様らしい。噂では、現在長安の名家を狩ることを生業《なりわい》としている幷州の者たちも絶対に弘農方面には向かおうとしないのだとか。

更に更に、一介の外戚でしかなかった何進を名実揃った大将軍にしただけでなく、一介の将軍であった董卓を大将軍にしたかと思えば、反董卓連合との戦の最中に遷都を行い、それを成し遂げたという実績の持ち主でもある。

……つまるところ、太傅とは話だけを聞けば紛れもなく文武両道にして漢の忠臣。それなのに、なぜ腹黒だの外道だのと言われるのかが不思議なくらいの人物だ。

そんな彼の下だからこそ、蔡邕には娘を預けても決して無下にはされないという確信が有るらしい。いや、まぁ、彼に保護されるということは、娘を書類地獄に落とすことと同義なのだが、流石の蔡邕もそこまでは知らなかった。とは言え、彼女は書類仕事が苦手と言うわけでもないし、何よりその才を疎まれて飼い殺しにされたり、罪人の身内としてどこの誰とも知らない男に拐《かどわ》かされるよりは数段マシなのは確かだ。

そもそも今の彼らには、呑気に避難先を選択するだけの余裕など無い。そのため一概に蔡邕の決定を咎めることができる者はいないだろう。そんな就職後の話はともかくとして。まずは無事に弘農に辿り着くことができるかどうかの話である。

「まず、お主を弘農へと送る名目としては、私を釈放して下さったことに対しての返礼とするつもりだ。その際できるだけの財を持たせるので、上手く使うがよい」

「……なるほど。流石の王允でも陛下に対する返礼に手を出すことはできませんか」

「そうだな。残る懸念は『喪に服している陛下のお気持ちを考えよ』などと抜かして来る可能性があるが……なに、気にすることはない。長安を出てしまえば此方《こちら》のものよ」

「父上……」

「ふっ。先ほども言っただろう？　私は良いのだ」

「……」

彼の目論見通り、名目上とはいえ弘農に居る皇帝への謝礼を運ぶのだから、当然使者は血縁者を選ぶべきだし、信頼の置ける者をその護衛に就ける必要があるのも事実だ。更に并州勢が弘農へ向かう者に手を出さないという噂が確かならば、確かに長安を出れば『彼女は』なんとかなる可能性は高い。

しかしそれは『長安を出ることができた者』に限った話である。

今、こうして『自分は安全だ』と語る父がこの先どうなるかを考えれば、蔡琰は『父上も一緒に行きましょう』と言いたくなった。

「よいのだ」

だが、その言葉は発する前に当の本人に止められてしまう。

「まだ小娘と言ってもよいお主だからこそ、王允の目から逃れることができるのだ。もしも私が長安を出ようとすれば、奴はどのような手を使ってでも私を長安に押し留めようとするはず。そうなってはお主も長安を脱することは叶《かな》わぬであろう」

「……はい」

普通に考えるなら、現在の蔡邕は罪人では無いのだから己の意思で長安を出ようと思えば出られるかもしれない。しかし、相手は自身の悪名を拡げられることを恐れて蔡邕から仕事を奪った挙げ句、監視をした上で執拗に嫌がらせを行っている司徒の王允なのだ。

そんな王允の様子を鑑みれば、都落ちという形になるとはいえ、逆賊の娘である蔡琰が自身の手の届かない場所へ行こうとするのを見逃すとも思えない。故に蔡邕は自身を囮として娘を逃がそうとしていたし、そんな父の想いを知った蔡琰も、父の心意気を無下にするような我儘《わがまま》を言うようなことはできなかった。

〰〰〰〰〰〰〰〰〰〰〰〰〰〰〰〰〰〰〰〰〰〰〰〰〰〰〰〰

数日後の早朝、日が昇る少し前のこと。

出立の準備を終えた蔡琰は屋敷の前で父との最後の挨拶を交わしていた。

「……達者でな」

「……はい。父上もお元気で」

幼き日からその姿を見て育ってきた。

どこまでも大きかった父の姿は、最近は内心で『すこし小さくなってきたな』と感じていたのだが、それは大きな間違いだった。父の教えを理解すれば理解するほど、父の仕事を知れば知るほど、その大きさに圧倒された。

そんな父が涙を堪えて自分を見送ろうとしている。

これが父の、漢に仕える蔡邕ではなく、蔡琰の父としての姿なのだろう。純粋に自分を心配する父の姿は、大きくもなかったが、決して小さなものではなかった。この父の娘として生を享《う》けたことを誇りに思うと同時に『父の名を穢《けが》すことはできない』という想いが心の内から湧き上がってくる。

泣くな。

泣けば父が心配する。

だから笑え。

数日前の父のように。

涙を流しながら笑え。

笑って別れを告げるのだ。

「あ、そうだ！」

「ん？」

「……向こうで良い人を見つけたら、婚儀に呼びます。ですから……必ず、必ず来てくださいね！」

婚儀に参加するなら王允も口出しはできないはず。だからそれまでは生きてください。

「……あぁ。必ず行くとも。そもそも私は孫を見るまでは死ぬ気はないぞ」

余計な心配をしてないで、お前は向こうで幸せになれ。

「……まぁ、いくらなんでも気が早すぎますよ。ですが、そうですね。いずれお父様には私の子にも教えを授けて貰いましょうか」

お父様がいた方が私は幸せになれるのです。

「おいおい、お主は私の歳を忘れてないか？」

不出来な父で済まない。

「ふふっ。太傅様は生涯現役を謳っているとか？　ならば父上にも頑張って貰わないといけませんよね」

私はまだまだ父上には教わりたいことがたくさん有るのです。

「……ふっ。そうか。そうだな」

お前のような娘を持てて誇りに思う。

「……ええ。そうなのですよ」

父上の娘であることを私は誇りに思います。

「……達者でな」

「……はい。父上もお元気で」

父娘が最初に交わした言葉をもう一度繰り返し、抱き合った後、一行は弘農に向けて出立した。

娘は自身の涙を見せまいと一度も振り返らなかった為に知ることはなかったが、父は娘の姿が見えなくなるまで、否、見えなくなった後も娘の背を見守り続けていた。

その瞳から流れる涙を拭おうともせず、じっと見守っていた。

二九　弘農

一

一一月上旬　司隷弘農郡・弘農

「李儒《りじゅ》殿。職務中に申し訳ないが、少しお時間をお借りしてもよろしいかな？」

「これは荀攸殿。無論構いませんよ」

巷《ちまた》に吹く風に冬の寒さを感じ始めた頃、弘農の宮城内にある執務室の中で書類仕事をしていた李儒の下に、三〇代にして尚書令となった荀攸が訪れた。

因《ちな》みに呼び名が官職では無いのは意図的なものである。普段は両者とも公私はきっちりと分ける型の人間であり、基本的に職務中には荀攸は李儒のことを『太傅殿』と呼ぶし、李儒も荀攸のことは『尚書殿』と呼ぶ。しかし今回、荀攸があえて『李儒殿』と呼び掛けて来たことで、彼の用件が

『職務にも関係しているが多分に私的な用件である』と解釈した李儒が『遠慮はいらない』と配慮した形となった。

これらは面倒といえば面倒なのだが、元々ただの挨拶一つにも意味を持たせるのは名家の嗜みだし、防諜の意味もあるので無駄なことではない。何故なら、盗み聞きと虚言を用いた讒言《ざんげん》は名家の得意分野であり、油断するとどんな形で足を引っ張られるかわかったものではないからだ。そのような事情から、荀攸や李儒は普段から会話をする際には目線や呼吸にも『含み』を加えて話を短く纏めている。その為、たとえ名家を探ることに特化した間者が盗み聞きをしていても、第三者には意味がわからない文脈となっていたり、意図せず違う意味になる会話が成立しているという自然な防諜ができ上がっていたりする。

……そんな名家あるあるはともかくとして。

今は、あの荀攸が、李儒が職務中と知っているにも拘わらず、私的な話題を持ち込んできたということが問題なのだ。これがどれくらいの問題かというと……現在劉弁の側で彼と一緒に課題をこなしている司馬懿や徐庶がこの場に居たなら、何かしらの大問題が発生したことを確信し、二人の会話を一言一句余すところなく記憶して考察を始め、その考察に劉弁が交じって意見を交わしていることがあるくらいの問題である。

……李儒が朝から晩まで職務をしているので、話し掛けるタイミングが職務中にしか無いという事情もあるように思えるがそれはそれ。今回は荀攸が『太傅殿』と呼び掛けなかったこと、つまり彼が私人として李儒に接触したことが問題なのだと理解できれば良いだろう。

「それで、どのようなご用件で？　何やら面倒事なのはわかりますが、現状で荀攸殿の手を煩わせるようなことがありましたかな？」

仕事以外での絡みが殆《ほとん》どない相手（と言っても、ほぼ毎日仕事で顔を合わせているが）からの私的な用件となると、流石の李儒も心当たりがない。さらに職務中に話しかけてきたということは、完全に私用ではなく、自分の職務にも何かしらの関係があることだと推察できる。

つまりはこれも仕事なのだ。それも書類仕事以上に厄介な。そう判断して荀攸と向き合えば、案の定、彼は話を持ってきたにも拘わらず微妙に喋りづらそうにしているではないか。

しかし、李儒の経験上、面倒事は隠されて問題が大きくなるよりもさっさと報告してもらった方が結果的には楽なのだ。だから『相談されないよりは相談された方が良い』というのが彼の持論であったし、弘農にいる面子はそのことを理解していた。

「実は……」

李儒の方針は理解しているものの、それでも言いづらいことだったのだろう。内心で（一体どんな厄介事なんだ？）と警戒しつつも、とりあえず表面上では荀攸に対して『遠慮をすることはない。というか遠慮をされると困る』というニュアンスで話を切り出しやすいようおどけてみせると、荀攸もホッとしたような表情をして、その『問題』を口にすることができるようになった。

自分と部下《同僚》の身を守ると同時に、部下《同僚》の持ってきた問題も解決する。

これを両立させなければいけないのが管理職の辛いところであるが、幸か不幸か社畜精神旺盛な太傅殿は、裏役としての暗躍だけではなく、管理職としても優れた実績を上げているので、仕事に対する信用は人並み以上にあるそうな。


〰〰

「……実は長安の蔡邕殿から書状が届きまして」

真剣な顔をしていたから何を言ってくるかと思ったら、長安の蔡邕？

「確か少し前に王允殿に投獄されたのを、董閣下と荀攸殿が釈放させたと伺っておりますが、その方でしょうか？」

「ええ。その蔡邕殿です。釈放はされましたが、今は王允殿らによって出仕を禁じられた上、元の職務である漢史の編纂事業へ関わることを許されておらず、自邸にて自発的な謹慎をしております」

「自発的に謹慎。ねぇ」

勿体《もったい》ない。本心からそう思う。

これがその辺の若造の話なら『働け』と言って無理にでも引っ張ってきて机に縛り付けてでも働

かせるのだが、確か彼は今年で六十歳。つまり定年だ。ならば無理に働かせるわけにはいかん。

それに俺が知る限りだと、蔡邕は董卓の政を正面からはっきりと否定した数少ない人物で、一度は彼の上役が董卓に忖度して（というか巻き添えを恐れて）投獄したものの、否定された当の本人が蔡邕の言葉を正論と判断して釈放させた。そして自分を批判する気概を買った董卓に信頼されて色んな仕事をする人物であり、董卓が殺された後、王允によって『俺の悪口が歴史に残ることは許さん』って感じのことを言われて処刑された人間だったはず。

日本だと娘の蔡文姫《ぶんき》が有名だが、彼女の名が売れるのは彼女が魏《ぎ》に引き取られてからだから、今のところは『蔡さんの家の優秀な娘』くらいに知られている程度。

そのうえで蔡邕と荀攸との繋がりか。……そもそも荀攸は交友関係が広いし、鍾繇《しょうよう》も蔡邕の関係者だったと考えれば、皆無ではない。問題はその謹慎中の彼が出してきたという書状の内容だろう。

本来謹慎中の人間は外出もできなければ、外部への連絡もできないものだ。

それなのに『自発的』とはいえ謹慎中の蔡邕が、よりにもよって尚書として劉弁政権の中枢にいる荀攸に書簡を出す？　劉協政権の中枢にいる王允に睨まれているにも拘わらず？

はい。面倒事確定です。ありがとうございました。

「ええ。その書簡では『自分の釈放の返礼として陛下と私に挨拶をしたい。しかし自分は年老いており、長旅ができるほど健常ではない。故に誠に失礼ながら、娘の蔡琰を代理として派遣するので、面倒を見てやって欲しい』とありまして」

ん？　それってつまり。

「要約するに『自分は王允殿に目を付けられていて、このままだと娘もどうなるかわからないから、王允殿の手が届かないところに避難させたい』ということでしょうか？」

「……包み隠さず言えばそうなります」

だよなぁ。だがそれなら話は簡単だ。

「そのまま荀攸殿が保護すれば良いだけの話では？　特に問題があるとは思いませんが」

今更王允ごときが何をしようと、荀攸に何かをできるわけでもないし。

史実だと蔡琰は王允によって蔡邕が殺されたあと、董卓の残党刈りだの李傕・郭汜による長安攻めだのと言ったゴタゴタの最中に、匈奴の連中に拐《さら》われて南匈奴までお持ち帰りされて側室扱いを受けることになるはずだ。

この一連の流れだが、俺としては蔡邕を殺したあとで、娘に自分の悪評を広められても困ると考えた王允が、匈奴の連中に彼女を売ったんじゃないかと思っている。

そうじゃないと、長安にいるはずの彼女が、羌族じゃなくて匈奴に拐われた理由がわからんし、彼女をピンポイントで南匈奴の勢力圏に拐い、わざわざ匈奴のお偉いさんの小倅《こせがれ》である劉豹に嫁がせる（しかも扱いは奴隷みたいなものだったらしい）理由が無い。

自分の手で処刑しなかったのはアレだろう。おそらく周囲の目を気にしたのだろう。

一応王允は、蔡邕を殺したあとでそのことを悔いていたって話が残っているし。

それは劉封を殺したあとの劉備や、馬謖を殺したあとの諸葛亮のように、周囲の批判を散らすための常套手段だからな。

だからと言って、彼女を生かしておけば自分のことを悪し様に言うのは目に見えている。

ならば漢とは関係ないところに放逐すれば良いって感じなのだろう。

なにせ匈奴には文字の文化がないから、蔡琰がいくら優秀でも何かを残すことはできないし、そもそも内心で漢を見下している匈奴の中で彼女の扱いが良くなるはずもないからな。

あとは匈奴の連中が納得するかどうかだが、この辺は『自分の養女を差し出す』とでも言っておけば良い。

王允は、漢側には『蔡邕を殺したことを悔い、残された娘を養女にして育てようとしたが、ゴタゴタで行方不明になった』と宣う一方で、匈奴側には『自分の養女を下げ渡すから、今後とも仲良く頼む』とでも言ったのだろうよ。

匈奴にしてみれば『お高く止まった漢って国の頂点に立つ三公が、自分たちに人質を出してきた』ってことだからな。そりゃ喜んで受け入れるわ。

で、流石にそこまでは予想していなくても、自分が死んだあとの娘の今後を案じた蔡邕が、愛娘を荀攸に預けて来たというわけだ。

それなら荀攸が面倒を見れば特に問題ないじゃないか。なんならそのまま結婚しても良いぞ？尚書たるものの妾の一人や二人いても問題ないから。

あ、だけど家庭内の問題に関しては自分でなんとかしろよ。

俺に相談されてもリアクション取れんからな。

「確かに私が保護すれば問題はないでしょう。しかし……」

「しかし？」

何かあるのか？　奥さんが怖いとか？

「蔡邕殿は、娘に自身の仕事を引き継いで欲しいと願っているようでして」

「……自身の仕事？　漢史の編纂ですか？」

「はい」

「……なるほど」

そうきたか。

確か男子がいない蔡邕は、娘の蔡琰に自身の技能やら何やらを継承させたはず。その己の全てを引き継いだ娘に、己のやり残した仕事を任せたいっていう気持ちはわからんでもない。荀攸にしても、蔡邕の命を懸けた最期の望みとなれば叶えてやりたいという気持ちもあるのだろう。しかし史の編纂事業とは、歴史を重んずる名家や皇家にとっては重要な意味を持つ一大事業だ。男尊女卑の思想が蔓延している古代中国という時代では、一般の女性には——家庭内はともかくとして——社会的な立場というものが存在しない。

故に、いかに父親が偉大であり、本人がどれだけ優秀であっても、娘である限り蔡琰を史の編纂事業に参加させるのは、通常では不可能なことだ。

そう。通常では不可能なのだ。

「つまり、荀攸殿は私に彼女を雇い入れろと？」

「……はい」

なるほどなぁ。荀攸にしてみたら俺に非常識なことを要請しているわけだから、こんなに言いづらそうにしているのか。しかし元々俺は普段から『書類仕事の前には男も女も、老いも若いもねぇ！』と言って身分に拘わらず働かせているから、荀攸みたいに他の名家の連中の機嫌を伺って人選に配慮する必要はない。さらに、いままで弘農では史を編纂する役を置いてなかったから、そこに彼女を入れるのは構わない。この場合、長安で纏めているものとは違う感じのものができあがる可能性も有るが、元々こういうのは多角的に見るべきだから、これも問題ないだろう。

つまり、現状問題はない……か？　いや、まだ有った。

「荀攸殿は私の立場の問題を考慮して下さっているのでしょうが、それについては無用の心配です。その娘を雇い入れる分には問題ありません」

「おぉ、そうです『しかし！』……なんでしょう？」

喜ぶのは早いぞ。

「蔡邕殿の意思は確認しましたが、本人の意思や能力を確認しておりません。もし本人が望まない場合や、能力が私の求める水準まで至らない場合、また本人の性格に問題がある場合は、雇い入れることはできませんよ」

何よりもこれだよな。能力について不安はないが、やる気がない奴に仕事を回すくらいならやらせない方が良いし、王允への恨みに凝り固まっていたら困る。感情を殺せとは言わんが、できるだけフラットな目線で職務にあたることができないなら、史の編纂という公文書の作成を任せるわけにはいかん。

「あぁ。それはそうですな。その場合は当家で保護する形になりますね」

うむ。家庭の中にも幸せは有るのだ。無理に周囲と衝突してまで働く必要はないだろうよ。

「そうして下さい。なんにせよこれ以上は本人が来てからの話ですね」

この段階まで話が進んだなら、根回しって言う意味ならもう十分だろう？

「えぇ。では彼女が来たら諸々の確認をお願いします」

「……了解です」

俺が面接するのかよ！　と思わないでもないが、今の時代で女性を働かせようとする管理職なんかいないからなぁ。王異？　あれは特殊な事例だから。

それに、事が史の編纂となれば俺のお墨付きは有ったほうが良いのも事実。流石に一人でさせるわけにはいかないから他の連中にも関わらせる必要が有るが、弘農に女を差別しない奴なんていたか？

……あ、そうだ。もう一つ大事なことを確認するのを忘れていたわ。

「ちなみに荀攸殿？」

「なんでしょう？」

「その娘さんは今お幾つですか？」

年齢確認するのを忘れていた。もし面接した際に『働きたくない』と言った場合、年齢によってはそのまま誰かに嫁がせてもいい。

「年齢ですか？　確か、今年で十三か十四だったかと」

は？

「……そうですか」

「いかがなさいました？」

「イエ、ナンデモアリマセン」

「？？？」

未成年《元服前》じゃないか。


〜〜


普段『老いも若いも関係ない』とは言っても、それはあくまで『老い《定年前》』と『若い《元服後》』の話である。

弟子？　弟子は師匠の手伝いをするのも修行の内なのでノーカンで。

司馬懿や徐庶の扱いについてはともかくとして。

このとき李儒は、蔡琰を働かせることよりも保護と養育が先だと心に決めることになる。

それと同時に、十三か十四でしかない少女の父親を殺し、匈奴に売り払った（とみなしている）史実の王允の評価を最低値まで落としたそうな。このことが長安に居る王允にどのように関わってくるのか、それは誰にもわからない。

二

「太傅殿。職務中に失礼いたします」

弘農の宮城内に作られた執務室にて黙々と書類仕事に精を出す俺の下に、予期せぬ来客があったのは、荀攸が蔡琰の受け入れについての打ち合わせ《根回し》を終え、安堵した顔をして執務室を退出した数日後のことだった。

「李厳《りげん》か。どうした？」

職務なのだから失礼も何もないだろうに。アレか？　俺が仕事を邪魔されたら激怒するとでも思っているのか？　荀攸もそうだったが、こいつらって俺をなんだと思っているんだろうな？　まぁ、軽んじられるよりは良いのだろうけど。

「はっ。実は大将軍閣下より使者が参っておりまして」

おっと、俺の扱いはともかくとして、まずは李厳の用件だな。

「董閣下からの使者、だと？」

普段から『自分は武官だから、できるだけ政に関わらん』ということで、長安からも距離を取っているはずの董卓が、長安以上に離れているここに使者を出してくる？　妙だな。

「はっ。李傕殿と郭汜殿のお二人が」

「あの二人を？」

いや、ゲームでいったら政治が三〇を切る連中を使者にするって何だよ。

あぁ、いやいや、実際の能力を数字で表すことはできないってのはわかるぞ？

しかし、いくらなんでもあの二人を使者にするのはないわぁ。

ん？　まてまて。董卓からの書状を届けるだけならあの二人でも問題ない、のか？　なにせ向こうは大将軍だし、前線指揮官である二人に弁舌なんか求めていないと考えれば、子飼いの将帥っていうのは使者として出しても問題ないよな。

それに今の司隷の治安を考えれば、そこそこの武力も有ったほうが良いと考えてもおかしくはない。

……治安が悪いのは長安周辺なのだが、自分のところが荒れていれば他人のところも荒れていると考えるのは普通だし、そもそも弘農は洛陽があった河南尹と隣接している。また数か月前まで連合軍の大軍が駐屯していたのだから、誰が残っているかもわからないし、間違いなく間者が潜んでいることを考えれば、使者が狙われる可能性を警戒するのも当然と言えば当然ではある。その上で一定の武力と格がある二人を使者にしたのであれば、一概に悪い判断とは言えん。

なにせ基本的に太傅である俺の所に来る客は多い。俺としても人材の確保という概念から、全員と面会して優秀な人間を登用したいのだが、いかんせん全員と面会していてはそれだけで日が暮れてしまい、仕事が滞ってしまう。よって俺は普段から直接面会をする相手をかなり少なく設定していて、客がそのカテゴリの中に入らない場合は、部下が面談することになっている。つまり、普通数日とか一か月単位で待たせてから面談するってことだな。

これを傲慢というかどうかは客人次第なのだろうが、そもそも俺の就いている太傅という職は、三公や大将軍よりも上の地位だ。現代日本の会社で言うならば、皇帝を社長とした会社において、社長の相談役を兼ねる取締役みたいな感じだ。さらにその会社は国内で最大規模の会社となれば、今の俺がそれなりの立場に就いていることは理解してもらえると思う。

その立場に見合った量の書類仕事をする必要が有るので、多少の苦労はあるが、今の苦労が定年後の楽隠居に繋がると思えば、それほど苦にならないのが救いではある。

定年退職後のことはともかくとして。

つまるところ、いうなれば企業のお偉いさんである俺に対してアポなしで面会を申し込んで来たら、どんな家の人間であれ待たされるのが普通なのだ。

もしもここで『自分に対してすぐに応対しないとは何事だ！』と騒ぐような阿呆は、他に面会を待っている連中や皇帝の権威を重視する連中に敵視されてしまい、周囲で色々と不幸な事故が発生してそのまま没落一直線の道を辿ることになる。

当然俺も手を差し伸べたりしないから、弘農を訪れる使者は普段から自制が必要だったりするんだよな。

普段からこうやって名家だの士大夫に配慮しない態度だから、荀攸も蔡文姫を俺に預けようとしたのだろう。

そんな弘農の事情を知るからこそ、董卓は李傕と郭汜を送り込んできた可能性が高い。それに二人は俺とも知り合いだから、優先して面会出来ると踏んだのだろう。

事実、俺としても彼らと会うことに異論はない。

しかしそこで問題となるのが今の状況だ。つまりは『董卓の使者は優先的に面会する相手として設定しているのに、何故わざわざ李厳が取り次いで来るのか』ということだな。

そもそも今の李厳は俺の副官であると同時に、中郎将として官軍を率いる立場にある将だぞ？　つまりその辺の将軍並に偉い。そんな李厳が一々取り次いでくるってなんだ？　また面倒事か？

「そ、それが、大将軍殿の書状を携えた使者は別の方らしく、二人は『先触れとして来た』とだけ言っておりましたので、私どもではその、どう扱って良いものか判断ができず、こうして閣下に判断を仰ぎに来た次第であります！」

「……あぁ。なるほど」

俺が軽くイラついたのを見て取ったのか、李厳はやや焦ったように説明してきたが……うん。確かにこれはリアクションに困るわな。

大将軍の子飼いで、雑号だが将軍位を持つ二人は、本来であれば単体でも十分使者としての役割を果たせるだけの格がある。そうであるにも拘わらず、董卓は彼らとは別の人間を使者として派遣してきたわけだ。

立場は立場として李傕と郭汜の二人は先触れでしかないのだから、俺に直接顔を合わせて良いかどうかわからないって感じなのだろう。今回李厳がこうして俺のところに来たのは、その使者が護衛の軍勢か何かと一緒に来ていて、それを臨検したのが李厳だったから。

こいつも運が悪いというか何というか……。

で、普通ならその使者を出迎えるために情報を貰うのが筋なのだが、相手が大将軍関連となれば、その先触れの使者と折衝するにも一定の格が必要になる。そんで『誰にそれを任せるか』っていうのを決めるのは俺の仕事だ。

つまり俺に指示を仰いでいる李厳は特に間違ってない。

「そこまでは理解した。では問題は口上だな。李傕と郭汜の二人は董閣下の使者がここに何をしに来たと言っているのだ？」

これによって応対者の格が変わるからな。何らかの私的な報告や内密な相談なら一定の格があればそれでいいが、大将軍から太傅（この場合は皇帝）に対しての正式な上奏となれば、尚書である荀攸を出す必要がある。一々面倒なことだが、皇帝陛下を奉じている以上、この辺の儀礼は疎《おろそ》かにはできん。

「はっ。お二人が言うには、ご使者の目的は『皇帝陛下に対しての時候のご挨拶をすることと、太傅殿に大将軍殿からの書状を届けること』だそうです」

「ふむ。ご挨拶はまだしも、書状か。二人はその内容は知らんのだな？」

「はっ、どうやら内容は聞いていないようです」

「ま、当然と言えば当然か」

わざわざ二人に話すくらいなら使者を別に立てる必要はない。

しかし、これはまた微妙な。陛下に対する挨拶については、今は喪に服している最中だから代理に受けさせれば良いが、俺に対する書状ってのがなぁ。まさかこれに尚書の荀攸を出すわけにはいかない。

話を聞くだけなら尚書侍郎であり別駕従事でもある鄭泰《ていたい》が妥当ではあるが、彼は董卓とは相性悪そうだから止めておこう。同じように奉車都尉の何顒《かぎょう》も駄目だな。

となると、謁者であり侍中でもある董昭《とうしょう》あたりはどうだろう？　血縁関係はなくとも同じ董氏だから、董卓のことを蔑《ないがし》ろにしたということにはならないだろうし、侍中が皇帝の代理として大将軍の使者から挨拶を受けることに不足はない。

よし、そうしよう。ついでに俺宛の書状も受け取ってもらえば良いな。あとの懸念は使者の性格だ。董卓子飼いの猛将である李傕と郭汜を先触れに出すってことは、董卓陣営でも上の立場の人間だろう、それに皇帝陛下に大将軍の代理として挨拶をするのだから一門衆の可能性が高い。ならば使者は洛陽にいた弟の董旻《とうびん》か、それとも早世したっていう、兄の董擢《とうてき》の子供、つまりは甥っ子の董璜《とうこう》だろうか？

とにかく血の気の多い奴だろう。そう思っていた時期が俺にもありました。

「それで、そのご使者の名は？」

「はっ、董白殿とおっしゃる方らしいです」

「……は？　董白？」

「な、何か？」

「い、いや、何でもない」

「そ、そうですか……」

……一門は一門でも孫娘かよ。それも未成年の小娘って。つーか溺愛していたって話じゃなかったか？　あぁいや、だから子飼いの二人が護衛なのか。

今の時期に孫娘をここに送ってくるってことは、劉弁の側室狙い？

それとも人質を兼ねた社会勉強のつもりか？

まさか婿探しじゃねぇだろうな？

なんにしても、私的な要素が強いことは確かだろう。

はぁ。なんか一気に疲れた。

「……司馬懿に行かせよう。手間をかけてすまんが、あいつを二人のところまで案内してやってくれ」

今は徐庶や劉弁と一緒に座学の最中だったはず。勉学も大事だが、実務経験だって大事だと考えれば、そろそろ使者の応対も経験させてもよかろう。

「え？　司馬懿殿でよろしいのですか？」

ん？　あぁ、李厳にしてみたら大将軍の使者だからな。元服前の子供に相手をさせるのは無礼になるのでは？　と心配しているのだろうが、その心配はない。

「あぁ。向こうも元服前の子供だからな。下手に位が高い奴を出迎えに使えば向こうが萎縮するし、迎えの使者になった奴だって気分を悪くするだろうよ」

少なくとも董昭はだめだ。

「……その、董白殿とやらは元服前の子供だったのですか？」

「そうだ。とはいえ董閣下が目に入れても痛くないほど可愛がっている孫娘だから、扱いはそれなりに慎重に頼む」

「……孫娘？」

「そうだ」

「それは、また、何と言いますか」

うむ。流石の李厳もリアクションが取れんようだな。

そりゃなぁ。いくら大将軍からの使者と言っても、元服前の小娘じゃなぁ。蔡文姫の話ではないが、男尊女卑が蔓延している古代中国で、しかも皇帝に直接仕えている人間からすれば、孫娘を使者にされるのはある意味で屈辱的なことだろう。

そういうのを一切気にしないだけの度量……とは少し違うが、そういうのを持ち合わせた上で、任務を任務と割り切ることができるのは現状では弟子や徐庶しかおらん。

故にあいつらなら問題あるまい。それになんだかんだ言っても弟子は正式な議郎で、董白と歳も近い上、董卓や李傕・郭汜の二人とも知り合いだしな。

「とりあえず董白殿については司馬懿に任せていいだろう。お前は部下に使者の出迎えの準備をさせてくれ。さっきも言ったが、相手は董閣下が溺愛している孫娘だ。故に『使者』として扱うのではなく『貴人』もしくは『客人』として扱うよう、部下たちに通達しろ」

「はっ！」

そう。元服前の娘さんを正式な使者として見るから問題なのであって、単純に大将軍の孫であり、お客さんとして見れば良いだけの話なのだ。

「話は以上だ。何か問題は？」

「ございません！」

「では動け」

「はっ！」

正式に指示を受けた李厳がバタバタと音を立てるような勢いで退出し、外に居た部下たちに命令を下していく様子を見届けた俺は、机の上に溜まった書簡との戦いを再開する前にふと思ったことを口にした。

「やれやれ。ここは託児所じゃないんだけどなぁ」

～～～

「というわけで、司馬懿殿には大将軍閣下からの使者のお出迎えをお願いしたい」

「ふむ。師、いや、太傅様からのご下命なら否も応もありません。委細承知致しました」

「あ、じゃあ僕も準備します！」

「ふたりとも、いってらっしゃーい」

～～

同時刻。弘農郊外

大将軍の使者、董白が皇帝&太傅の使者である司馬懿と遭遇するまであと少し。董卓でさえ相対すれば顔面を蒼白にする人物との邂逅《かいこう》を控えた少女が何をしていたかというと……。

「え？　董白殿は董卓殿、いえ大将軍閣下のお孫様なんですか!?」

「ふふーん！　そうなのよ！　今回はお祖父様の代理として来たのよ！　つまりお仕事なのよ！」

「ご立派です、お嬢様！」

偶然出会った初対面の少女に対して、謎のマウントを取っていたそうな。

史実において数々の不幸に見舞われた少女たち。彼女たちが、今後どのような運命を辿ることになるのか。李儒が生きている間は史実よりマシな扱いを受けることは確定しているのだが、それを知らない彼女らにとって、弘農での生活が良いものと思えるかどうかはまた別の話である。

三〇　袁紹の現状

初平二年（西暦一九一年）一二月　冀州・魏郡・鄴県

「どういうことだっ!?」

遷都や反董卓連合の解散など、漢という国にとって激動の年となった今年も残り一月。

弘農において、少年たちと少女たちがコント染みた出会いをし、どこぞの腹黒が彼らの育成計画を立て始めるというほのぼの空間を形成していた頃、少し離れた（中国的距離感）ここ、冀州鄴県の宮城は年末年始の支度とは別の喧騒に包まれていた。

とはいっても喧《やかま》しく騒いでいるのは、本来冀州牧である韓馥が座るべき席に当然のように座っている袁家のお坊ちゃんとその一党だけであったが。ただ、彼らが騒ぐ声が異様に大きいので、結果的に宮城全体が喧騒に包まれているように見えるだけの話だったりする。

その証拠に一段高い席に座って騒ぎ立てる袁紹や彼に迎合する連中とは正反対に、韓馥の幕僚たちは冷ややかな態度を取っていた。

「いや、どういうこともなにもなかろうに。……どう思う沮授よ？」

その中でも皮肉屋として知られる文官である田豊《でんぽう》が、自身の隣に立つ壮年の男性に声を掛けると、声を掛けられた壮年の男性はやれやれと言わんばかりの顔をして田豊からの問いかけに応える。

「名家に媚び諂《へつら》う策士気取りが中途半端な策を弄した結果、己の策に溺れただけの話でしかありませんな」

「じゃよなぁ」

二人は溜息を吐き、袁紹と共に騒いでいる逢紀や郭図に対して特に冷たい目を向けている。

現在袁紹が荒れているのは、公孫瓚を利用して韓馥から冀州を奪おうと目論んでいた計画が事実上破綻してしまったからに他ならない。

元々袁紹は冀州を奪う為に韓馥に対して『長安からの命令で公孫瓚が冀州を狙っている』という虚報を流し、彼の不安を煽ると同時に公孫瓚や劉虞に対しては『逆賊である韓馥を打ち倒し、我々で冀州を分割しようではないか』と誘いをかけていた。

この工作により、韓馥は公孫瓚が冀州を狙っているという虚言を事実と思い込み精神的に圧迫されることとなった。そして公孫瓚や長安の兵力に襲われることを案じた韓馥は、対公孫瓚の為に袁紹の持つ兵力と人脈を頼らざるを得ない状況に陥ってしまう。

結果として韓馥は袁術ではなく袁紹を鄴に迎え入れざるを得ず、そのまま彼を奉じることになってしまった。ここまでは袁紹一派の予定通りである。しかし問題はこの後に起きた。

彼らの予定では、公孫瓚と劉虞が冀州を巡って争っている間に自分が冀州を押さえる予定だった。だがここで誤算が生じてしまう。最初の誤算は、劉虞が長安から韓馥に代わる冀州牧として任じられてしまったことである。

少し考えれば分かることなのだが、長安の政権にとって反董卓連合に属した者たちは全員が逆賊である。当然、そんな逆賊をいつまでも正式な州牧だの州刺史だのに据えたままにしておく理由はない。

長安にいる司空の楊彪は、確かに袁家所縁の人間ではあるが、彼は袁術派の人間だ。というか、基本的に袁家に所縁のある者の大半は『宮中侵犯』という大罪を犯し、清流派の代表格であった袁家を逆賊に貶め袁隗や袁逢らを殺すことになった原因を作った袁紹を疎ましく思っていた。そのため彼らは『袁紹を殺せば逆賊認定を解く』という許可を袁術に対して出している。当然、連合解散後に袁紹が頼る可能性が極めて高かった韓馥に無警戒などということは有り得ない。

そもそも韓馥を冀州刺史とした人事は、彼の主君筋である袁家の権威を高める為に画策されたことである。だがそれはあくまで袁家のためであって、断じて袁紹個人のためではない。

このような事情なので、長安が韓馥に代わる州牧を任命してくるのは事前に予想できていたことである。その州牧が長安から送られてくるのではなく、冀州と隣接している幽州にいる皇族の劉虞を任命するのも、皇族による逆賊の討伐という観点から見れば何も間違ったことではない。重ねて言えば、劉虞が冀州に異動することで空いた幽州の地と幽州牧の地位を公孫瓚に与えるということは、長安が張純の乱から戦い続けてきた公孫瓚に対して正式な褒賞を与えたという意味合いも有する。

　これを公孫瓚が受けることで、長安は公孫瓚に対して影響力があることを内外に示せるし、公孫瓚も長安に叛意がないことを示すとともに、幽州内での影響力を増すことができるようになった。この人事により新たな地位と領土を手に入れた公孫瓚は、袁紹が画策したように冀州を取る為に劉虞と争うよりも、幽州の統治を優先することを選ぶ。つまり劉虞と争うどころか『劉虞に戻ってこられては困る』と言わんばかりに、劉虞の冀州平定に全力で力を貸すことを決意する。

　言い方は悪いが、公孫瓚は幽州から劉虞を追い出す為に動いたと言い換えても良い。

　結果として劉虞と公孫瓚の棲み分けができてしまったのが、袁紹一派にとっての第二の誤算であった。これに加え、策の一環として袁紹が劉虞に冀州の統治を呼びかけたことが劉虞の動きを後押しする結果ともなってしまっていた。

　つまるところ、最初から逆賊である袁紹の為に動くつもりなどなかった劉虞は、袁紹が劉虞に対して出した『冀州の統治を認めるような内容の書状』を活用し、袁家の被官である韓馥の部下たちや冀州の乗っ取りの為に各地に散っていた袁紹派の人間たちに対して『袁紹がこういっているぞ』と示すことで彼らの動きを封じたのだ。

　こうして公孫瓚の武力に加え、長安からの正式な任命書、更に袁紹からの書状を手にした劉虞はそれらを最大限に利用し、袁紹が魏郡で足場を築いている間に常山国《じょうざんこく》・中山国《ちゅうざんこく》・安平国《あんぺいこく》・河間国《かかんこく》・

清河国《せいがこく》・勃海郡《ぼっかいぐん》を制圧した。

この劉虞の進軍の速さには、彼が皇族であるということも無関係ではない。なにせ劉虞の配下になることができたなら、その人物は自動的に逆賊認定を解除されることになるからだ。

これらの要因が重なった結果、冀州の各地の豪族たちは劉虞に対し抵抗するどころか、進んで彼の下に集うという有様であった。

現在袁紹が居るここ魏郡や隣接する鉅鹿《きょろく》郡・趙国はまだ完全に劉虞に靡《なび》いてはいないが、田豊や沮授は劉虞による冀州の平定は最早時間の問題でしかないと判断していた。この判断の根拠としては、劉虞と韓馥の立場の違いが挙げられる。

何度も繰り返すが、劉虞は皇族である。それも一時期は袁紹らが劉弁に代わる皇帝にしようとした程の人物だ。これに対して自分たちが仕える韓馥は、二年前に董卓が洛陽に居たときに州牧《当時は州刺史》に任じられただけの者でしかない。

元々州牧であることが冀州を治める大義名分となっていたというのに、こうして長安から逆賊認定された挙げ句に新たな州牧が任命された今、罷免された形となった韓馥には冀州を治める大義名分も存在しない。故に今の韓馥には冀州牧を名乗る権利は無いし、そんな韓馥から州牧と言う肩書を譲り受けたところで、袁紹が冀州を治める正当性がどこに有るというのか。田豊や沮授と言った者たちも含め、冀州の豪族は韓馥や袁家に従っているのではない。漢帝国の皇帝から任じられた冀州牧に従っているのだ。

もしもこの状況で袁紹が冀州牧を名乗ったとしても、それは『長安の決定に逆らう逆賊』としての悪名を更に広めるだけの行為でしかない。それでも袁紹が勝てるならまだ良い。勝って逆賊の名を雪げるのであれば袁紹に味方をする者もいるだろう。

だが、こうして追い詰められた状況で、更に皇族である劉虞を打ち破る為に袁紹に従う人間がどれだけ居るだろうか。

兵なら金や食糧をばら撒《ま》けば集めることはできるだろうが、それを率いる将や軍勢を支える文官はそうはいかない。彼らとて名家ほどではないが名に拘るし、わざわざ逆賊に従って先祖代々続く家の名を貶めたいわけでもないのだから。

これらの状況を鑑みれば、劉虞によって冀州の大半を押さえられた今の袁紹は、完全に身動きを封じられた形となってしまったと言ってもよいだろう。この状況を第三者が見れば、今の袁紹は孤立無援の状態であり魏郡という檻に自ら入った獲物と見做すこともできるかもしれない。しかし不屈の男、袁紹は自身が追い詰められていることなど認めない。

認めるはずがない。

「おのれ劉虞っ！　この私を謀《たばか》りおって！」

「まったくです！　このような無体を許すわけにはいきませんぞ！」

「左様、即座に抗議をするとともに奪還の為の軍を興しましょう！」

激昂する袁紹と、それを宥《なだ》めるのではなく火に油を注ぐようなことをほざく袁紹の幕僚たち。自分本位な袁紹はいつもの事なので良いとして、問題はその幕僚たちだろう。

彼ら幕僚たちは袁紹とは違い、現在自分たちが置かれた窮状を正しく理解している。今更降伏しても袁術の側には自分たちの居場所は無いし、そもそもここで勇ましいことを言わなければ策の失敗の責を負わされてしまうのだから、何とかして話を逸らそうと必死なのだ。

その必死さが何かを生み出す原動力になれば良いのだが、世の中と言うのはそんなに甘くはない。それにそもそもの話、前提条件が間違っているではないか。

「……いや、謀るもなにも、自らが掘った墓穴に落ちただけではないか」

最初に相手を嵌《は》めようとしたのは自分だということを忘れたかのように騒ぎ立てる袁紹を見やり、思わず呆れ声が出てしまう田豊。彼は曹操のように袁紹と付き合いがある者達が陰で話している『袁紹の常識非常識』という言葉は知らずとも、彼らの非常識さをこれでもかというほど実感させられていた。

「まったくですな。長安からすれば、いつまでも逆賊を野放しにする理由など無いというのに。その上、何をもって劉虞様を自分の思い通りに動かせると思ったのやら。私には彼らの目には自分たちがどう映っているのか、皆目見当もつきませんな」

田豊の隣に立つ沮授も『そりゃこうなるだろ』としか言えない状況を自分から作り出した袁紹一派に対し、まさしく言葉も無い状況である。

「連中。鏡を見たことがないんじゃろぉなぁ」

「然《しか》り。万が一あったとしても、見えるのは夢の中の自分なのでしょう」

「「…………」」

「そうだ！」

極めつきの醜態を晒す彼らから目を逸らし、これからどうする？と目で語る二人を他所に、袁紹は画期的策を思い付いてしまった。

「兗州にいる曹操や劉岱と連合を組み劉虞を討とう！ 公孫瓚には幷州をくれてやるとでも言えば、私に従わずとも目の前の餌に飛びついて劉虞を見捨てるだろうからな。幽州勢の後ろ盾が無い劉虞など赤子の手を捻《ひね》るようなものよ！」

「「はぁ？」」

なんでそうなる？ というか、曹操も劉岱も連合に参加したことで疲弊しているだろうから遠征軍など興す余力は無いし、そもそも自分たちの逆賊認定を取り消す為に袁術や劉虞に与《くみ》することはあっても、袁紹に味方する理由など一つもないだろうが！ 更に公孫瓚が幷州を欲しがるというのには何か根拠があるのか？

袁紹の事を良く理解していない二人からしてみれば、何がどうなればその結論が出るのかさっぱり分からない。だが、この場においてそのような疑問を持ったのはその二人だけしかいないようだ。

「おぉ、それは名案ですな！」

「すぐに使者を立てましょう！」

先を争うように袁紹の意見に賛同していく者たち。

「うむ！　ことは急を要する。すぐに動くぞ！」

「「ははっ！」」

そんな彼らの声を聴いた袁紹もまた満足げに大きく頷いて、曹操らに宛てる為の書状の内容を協議し始めたではないか。

「田豊殿……」

「……頼むから儂《わし》に聞くな」

沮授から縋《すが》るような目を向けられた田豊としても、今まで全く付き合いの無かった袁紹の思考回路や行動原理はさっぱり摑めないし、袁紹が曹操や劉岱と何かしらの繋がりがある可能性も否定しきれないので、真っ向から意見を否定して諫《いさ》めることもできなかった。結局彼らは目の前で『あーでもない、こーでもない』と空論を交わす袁紹らを、ただただ茫然と眺めることしかできなかった。

袁紹が関わることになった冀州の豪族たちの苦労はまだ始まったばかりである。

三一　皇帝と司馬懿

二月　司隷・弘農郡弘農

ひと悶着……と言うには色々なことが有ったが、とにかくこの日、董白が董卓から預かってきた書状は太傅の弟子である司馬懿によって無事回収され、皇帝である劉弁の下に届けられていた。

「うーん。なるほどなぁ。でもこれってさぁ」

しかしその書状を見た劉弁の感想は、というなんとも微妙なものだった。

「陛下、如何されましたか?」

「いや、これは朕《ちん》に見せるよりも先に、李儒のところにもっていったほうがよくない？　っておもってねぇ」

「なるほど」

書状は皇帝陛下宛のものなので、それを議郎である司馬懿が最初に劉弁の下に持って来ることは一見何の問題も無いように思える。

だがこの時代、皇帝へ送られて来た書状は『どのようなものであれ検閲した上で、無礼や無作法が無いように修正されたものを上奏するべきだ』との考えがあった。

分かりやすく言うなら『皇帝陛下に汚い文字や、粉塵に塗《まみ》れた文章を見せるべきではない』という理屈だ。これを悪用して、各地から送られて来た自分たちに都合の悪い上奏を握り潰したり、その内容を改竄《かいざん》して皇帝に届けていたのが十常侍に代表される宦官連中である。

その反省を活かすため……というわけでもないが、弘農では劉弁の下に来た書状に第三者が手を加えるようなことは許可されていなかった。

もちろん検閲はある。そこで皇帝に見せるまでもないと判断されたものは破棄されたり、該当する部署に回される。また皇帝が見るに値する内容のものであっても文字が汚い場合は綺麗な紙に書き写すことはある。だが、その場合は下書きとなった書状も一緒に彼に見せるようにしているので、劉弁への書状を預かった司馬懿が皇帝宛の書簡を読んだとしても罰せられることはない。

このことから劉弁は、李儒や司馬懿の臣下としての立場を考えたうえで『彼らは書状を読んだ自分からどのような問いが有っても即座に返事をすることが求められるよね。なら、自分より先に書状の内容を把握しておくことが必要なのでは？』とか『それなのに、彼らより先に自分が書状を見たらダメなんじゃないか？』という思いを抱いていた。

元々そう考えていたところに今回の書状である。董卓からの書状はどう考えても療養中である上に、まだまだ未熟であることを自覚している劉弁にどうこうできる内容とも思えなかった。そのため書状を読んでも『こんなの朕に持ってこられてもなぁ』という思いが強かったのだ。

それに加えて、書簡を出した董卓の気持ちもある。おそらくではあるが、董卓は皇帝である自分の意見よりも、その後ろにいる李儒の意見を求めていると察していたので、猶更《なおさら》『自分に持ってこられてもなぁ』という思いが強いのだ。ある意味では正しい意見だろう。だが、司馬懿の意見は違う。

「そのお考えはごもっともです。しかし陛下が最初に書簡を確認することで、これ以降の書簡の改竄を防ぐという意味合いが有ります。また、師や荀攸殿の意見を確認する前に、陛下御自身のご意見を固めておくことで上奏された際にも建設的な討論が可能となるとお考え下さい」

「あぁ。なるほどねぇ」

司馬懿が言いたいのは『書状を見て何も考えずに他人へその意見を問うのではなく、まずは自身の考えを纏めてから下問しろ』ということだ。もっと言えば、こうやって自分で考えさせることで、劉弁の成長を促しているとも言える。あとは緊張感の問題もある。

まず、物理的に全ての書簡を劉弁が見ることはできない。だが稀にでもいいから劉弁が直接書簡を確認することで、家臣が勝手に書類を改竄できないような環境を作るのだ。

これは司馬懿だけの考えではなく、李儒や荀攸の方針であった。

こういった事情があるので、本来であれば劉弁が書状を見る前に李儒や荀攸による検閲が入り、彼らがある程度の意見を纏めてから届けられるはずの書簡が、最初に劉弁の下に届けられることとなったわけだ。

劉弁からしても、こうして自分を育てようとしている様子を見れば、彼らが自分を体《てい》の良い傀儡にする気が無いということも知れる――そもそんなことを疑ってはいない――し、逆に自分を傀儡にしようとしている人間を見抜くことにも繋がるので、個人的にも決して悪い気はしていないのだが、それはそれ。

「うーん。でもこれはなぁ。あ、とりあえず司馬懿もよんでみなよ」

「はっ。では失礼します」

そう言って司馬懿に書状を手渡して、彼に内容を確認させている間、劉弁は書状の内容に対して考察を行う。

(司馬懿の意見もわかるけどさぁ。それも書状の内容によりけりだよねぇ)

書状の内容を知らない司馬懿に愚痴るのもおかしなことだが、彼としてはそう思うしかないだろう。なにせ今回の書状の内容は、長安の王允や楊彪の最近の行状を訴えているものであり、一歩間違えれば董卓《軍部》による讒言とも取れるような内容だったからだ。

この書状を読んだ劉弁が最初に思ったのは『この報告が本当か嘘か』ではなく『またあいつらか』というものであった。

喪中という口実で弘農に引きこもり、公務から意図的に遠ざかっている故に長安の現状を知らない劉弁ではあるが、銭の改鋳の要請やら、投獄された人間の釈放の要請やらを受けてきたことを鑑みれば、どう見ても王允と楊彪が劉協の権威や立場を良いように利用して国政を壟断《ろうだん》しているようにしか思えなかった。ちなみに今までの彼らの行いで劉弁が最も怒りを覚えたのは、袁術に対する条件付きの恩赦の件だったりする。

これは当初劉協からの書状では『袁家を潰し合わせる為の口実なので、あくまで丞相の名で許可を出す』と書かれていたはずなのに、いつの間にか自分が公認しているような形で世に広まっていたのだ。彼としては納得できるものではない。

とはいえここまで話が広がってしまえば、今更『そんなことは知らない』とは言いづらい。いや、言えなくはないが、自身や劉協の権威に傷が付くことになるのは確実なので今更言い出せないというのが正しいのかもしれない。

それでも何かしらの意味が有る策なのであれば……と思って何とか我慢していた劉弁だが、己の師である李儒から『あれは彼らが名家閥を自派閥に取り込む為の策である』と真実を聞かされたことで、これを『袁紹を討ち取る為の策』などと言って母や劉協を丸め込んだ王允や楊彪の信用や評価は、彼の中で大幅に下落させていた。

当人がそのことを自覚しているか否かは不明だが、とにかく現在進行形で評価を落としている王允たちと、一貫して忠義を貫いている董卓ではその信用に大きな違いがある。

故に劉弁はこの報告について董卓が虚偽を伝えてきたとは疑ってはいない。

そこには董卓への信頼もあるが、最近自身の正妻である唐后の学術顧問となった蔡琰から、彼女の父である蔡邕が王允からどのような扱いを受けていたのかを聞いたからだ。そのため劉弁は董卓が伝えてきた王允らの行状は決して虚報や讒言ではなく、彼らが劉協を軽んじ長安の政を壟断していると見做していた。

だが、ここで劉弁が気にしたのが『何故ここまで好きにやられて李儒や荀攸が動かないのか？』ということであった。

元々彼らは無駄なことを嫌うし、それ以前に権力を持った人間による国政の壟断を認めるような人間ではない。むしろ苛烈に断罪する人間たちだ。そんな彼らが長安に対して一切の行動を起こさないことが劉弁は不思議でしょうがなかったのだ。

それでも――荀攸はともかく――李儒という男が常に何かを企んでいることを知っている劉弁は『彼に何か企みが有るなら、自分がそれを邪魔するわけにはいかない』と思っている。

だからこそ劉弁は先ほど司馬懿に対して『自分より先に李儒に書状を見せた方が良いんじゃないか？』と言ったのだが、同時に「まぁ自分の意見を持っておくのは悪いことではないしなぁ」と思い直し、司馬懿が書状を読み終えるのをじっと待っている状況であった。

「なるほど。王允殿と楊彪殿が長安でこのようなことを」

「……そうなんだよ。司馬懿はどうおもう？」

書状を読み終えた司馬懿は、そう言って劉弁に書状を返すと目を閉じて何やら考え始めた。

普段ならこういうときは徐庶にも書状を見せて意見交換をするのだが、現在その徐庶は李儒の命を受けて、蔡琰や董白が滞在するための各種手続きを行っている最中であり、ここには居ない。

ついでに言えばこの話自体が急ぎで何かをしなければならないという類の話と言うわけでもないので、劉弁としてはとりあえず司馬懿の考えが纏まるまで待とうとしたのだが、その気遣いは不要となった。

「……ふむ。とりあえず放置で良いのでは？」

司馬懿は特に悩むことなく、いっそ気軽と言ってよい感じで、そう告げた。

「え？　放置でいいの？」

もしも他の人間が同じことを言ったら『弟を利用し、自分の気持ちを慮らない連中を野放しにするのか！』と、多少どころではない不快感を抱いたかもしれないが、それを言ったのが、その忠誠や能力に全幅の信頼を置く司馬懿であった為、劉弁としても『それでいいの？』と疑問を抱くに留まってしまった。

「えぇ。大将軍閣下……と言いますか、軍部から見れば確かに王允殿と楊彪殿による国政の壟断と見えるのも理解できます。しかし、そもそもの話ですが、司徒や司空という役職にはそれが許されるだけの権限が与えられているのです。また、銭の改鋳やら何やらと言った陛下の許可を必要とする事案に対しては最低限の許可を取りに来ておりますので、不敬という程のものでもありません」

「……まぁ、それはそうだけどねぇ」

「更に言えば、今の陛下は喪に服している最中です。故に向こうには『陛下に面倒をかけない為』

という口実がありますし、陛下の代理たる丞相閣下は未だお若い。故に彼らが独断専行するのもやむを得ないと言えます」

「うーん。いわれてみればそうかもしれないけどさぁ」

療養の必要が有ったとはいえ『自分は喪に服すから、その間は任せた』と彼らに国政を委任したのは劉弁である。よって今回の場合は一概に王允らの暴走ともいえないという司馬懿の意見も分からないではない。結局のところは王允らの行動を『国政の壟断』と取るか『三公の職務の内』と取るかという問題であろう。その中で司馬懿はこれを『職務の内』と見たわけだ。

「陛下。まず重要なのは袁紹を始めとした逆賊の処理です」

「うん。そうだね。それで？」

いきなり話を変えてきた司馬懿だが、そのことについては劉弁も異論は無いのでとりあえず同意を示し、先を促す。

「冀州に逃れた袁紹は、こちらが先手を打って劉虞様を冀州牧に任じた上に公孫瓚を幽州牧へ任じたことで現在その動きを封じられております。このままなら彼らが袁紹を打ち破ることもできるでしょう」

「うん。そうなるといいなっておもってる」

袁術を利用するのではなく、皇族である劉虞を使うことに関しては劉弁としても文句はない。さらに劉虞に協力している公孫瓚も反董卓連合に参加していないので、劉弁の中では味方だ。そのため名家といえない家の出である公孫瓚を幽州牧にすることも納得している。

この二人が袁紹を追い込んでいるというのは、劉弁にとっては正しく朗報と言っても良いことだった。

「そしてここからが重要なのですが、まず袁術に与えられた条件は『袁紹を討ち取ったら恩赦する』というものです」

「そうだね……あ！」

「お気づきになりましたな？」

「うん！」

そう。あくまで『袁紹を討ち取る』というのが袁術に提示された恩赦の条件なのだ。この条件が有るからこそ、韓馥の配下も下手に袁紹を殺せないという状況になっていた。

何故なら彼らが袁紹を殺した後に袁術に降った場合『袁術が袁紹を討ち取った』と判断されるかどうかは非常に微妙な問題となってしまうからだ。今の劉弁には、袁紹を始めとした袁家の人間を許す気はない。そのため、ここでもし韓馥や韓馥の配下が袁紹を殺した場合、韓馥が何と言っても劉弁は袁術の功とは認めず『褒美として韓馥を逆賊から除外する』と宣言を出す可能性もあるのだ。

そうなった場合、彼らは袁術に与するどころではなくなってしまう。だからこそ韓馥らは動けない。

そして動けないのは袁術に阿《おもね》る連中だけであって、劉虞や公孫瓚は違う。

「まずは袁紹を劉虞様たちに討ち取って頂きます。そうなれば袁術の逆賊認定を解く理由は無くなりますね？」

「うん、そうだよね」

「そうなれば焦るのは長安にいる、袁術と繋がりのある連中となります」

「……あ、もしかして、そうやってあせったやつらをみつけるために、いまは長安のやつらに手をださないの？」

「ご明察です」

「おぉ～」

この期に及んで袁術を助けようとするなら、それは逆賊に味方するということを意味する。

それを討伐するのは官軍として当然のことだろう？　つまりはそう言うことだ。

「それに陛下の療養の事を考えれば、今は少しでも時間を稼いでおきたいという気持ちも有ります」

「あぁ。それもあったか～」

長安で自分を心配する母や、自分の代わりに家臣の矢面に立って面倒事を引き受けてくれている劉協のことを考えれば、劉弁にもすぐにでも長安に行って皇帝として名乗りを上げたいという気持ちはある。

しかし劉弁は（というか李儒は）自身が喪に服す際、その期間を三年と定め、公表している。

その為、今はまだ喪に服す期間の最中であるし、そもそも未だ毒が抜けきっていない今の自分が長安に行ったところで、向こうに居る文官たちから見下されてしまい、かえって皇帝の権威を傷付けてしまう可能性が高いという事情もある。

つまり今は下手なことはせず、喪に服すという名目を最大限に利用して療養することを優先するべき時期なのだ。そこまで考えれば、劉弁にも先ほど司馬懿が『放置で良い』と言ったのも理解できる。というか、もしもここで彼らを放置せず詰問などをした場合は彼らが暴走する可能性も見えてくる。その結果、劉協を担いだ長安と劉弁に従う弘農との間で戦が勃発してしまう可能性まで考慮しなくてはいけなくなってしまう。

だからこそ今は彼らを放置するしかないのだ。

とはいえ、司馬懿がいう【放置】とは彼らを完全に自由にすることと同義ではない。

「もしも彼らが劉協殿下を操りその権威を利用して国政を壟断していると言うのなら、普段から警戒などせずに袁術の関係者と接触していることでしょう。彼らにとっては恩赦を与えた相手ですが、今の彼らが逆賊であることには変わりません」

「……なるほどなー」

繰り返すが、袁術はあくまで『袁紹を討ち取ったら逆賊の認定を解く』のであって、現時点では紛れもない逆賊である。つまり、いま彼らがやっていることは、鼠が尻尾を出すどころか、全身を出したうえで無警戒に逆賊と接触しているということだ。これに関しては現時点でさえ証拠はいくらでもあるので、どう頑張っても言い逃れは不可能。

これから連中が何をしようとこちらはその罪を鳴らして処罰するだけの話。それまでは、連中に長安内部にいるであろう袁家《逆賊》との繋がりを求める鼠《逆賊》を集めて貰う予定なのである。あとの懸念は、汝南に地盤を持つ袁術についてだが……この書状を見た腹黒に対し、劉弁が『もしも袁術が袁紹をうちとったらどうするつもり？』と尋ねたならば、彼は『袁術では袁紹を殺せません。それをさせないための手も打っておりますので、ご安心下さい』と答えるはずだ。

李儒にとって袁家の人間とは運とその場の勢いで自分の策を覆すような連中なので、弱点を晒したなら確実に弱体化させるし、殺せるときが来たら確実に殺す。そしてその手間を惜しむつもりはない。

――このように、皇帝とその師から明確に敵視されている彼ら《袁家の人間》が生き残るには、想像を絶する幸運に加え、大量の銭や自分たちが生き残る道を見つけ出しそれに向かって迷わずに進むという抜群の嗅覚が必須となるだろう。しかし、己の置かれている状況すら正しく理解出来ていない今の袁紹に、その道を見つけることは極めて難しいと言わざるを得ない。普通ならこのまま放置して袁紹が弱っていくのを傍観しようとするだろう。だがどこぞの腹黒は自分たちが袁紹らの討伐を諦めざるを得なくなるような、特殊なナニカの存在を知っている。そのナニカが発生しないよう、細心の注意を払いつつ、一手一手を着実に打っていくのが今の腹黒の仕事であった。

……このとき、机の上に漢全土の地図を広げていた腹黒の目は、兗州の西北部にある【とある一郡】を捉えて離さなかったそうな。

同年同月　長安

年越しを控えたある日のこと、弘農の劉弁から王允の下に――正確には劉協の下に――『蔡邕の娘が出仕した』という報が届けられた。それはまだ年若い劉協にすれば特に気にするような話題ではなかったし、劉弁の代理として劉協を支えている何太后からは、彼の正妻の立場が補強されるということは自分の息子の立場も固まることを意味しているため、素直に歓迎すべきこととして受け止められていた。しかしその一方で、その報を聞いて怒りを露にした者もいる。

「奴の娘が陛下の側仕えになっただと!?」

「正確にはお后様《きさき》の側仕えですがね」

「どうでもよいわっ！」

「……そうですか。ま、こっちにとってもどうでも良いことですわ」

「くっ！」

その者とは、過去に話題となった女性の父親である蔡邕を投獄した人物で、今も彼を監視しながら半ば軟禁状態にするよう指示を出した張本人でもある王允だ。

弘農の腹黒から見た場合、蔡邕と言う人物は客観的な意見をもって漢という国の史を編纂しようとする頑固親父である。頑固故に蔡邕は董卓だろうが王允だろうが誰だろうが、書き記す内容には一切の忖度をせず起こったことは起こったこととして記録するのだろう。

そして、彼は自身が記したものに個人的な注釈を加えることはあってもそれは史とは別のものとしているので、弘農としては彼の仕事に文句を付ける気はなかった。

しかし、王允からすれば、その個人的な注釈が厄介なのだ。

そもそも王允から見た蔡邕という人物は、政のなんたるかも知らない癖に人のやることに対して無責任にケチを付け、人の失敗を嘲笑いながら偉そうに書き記し、それを後世に伝えようとしている俗物だ。彼が書き記したものが正式な史記となった場合、彼を投獄し、今も冷遇している自分がどのような扱いを受けることになるのか。

（ぐぬぅ！）

想像するだけで胸をかきむしりたくなるくらいの焦燥感を覚えるというのに、よりにもよってその俗物の娘が皇帝陛下の側に仕えることになってしまったのだ。

このままだと蔡邕は、娘の立場を利用して自分が書きたいものを書き記そうとするはず。それは陛下の認可を得ているということにもなる。そうなったら王允に彼を止めることはできなくなってしまう。その結果、自分が後世の人間から愚物として扱われることになり……。

「～～～っ！」

（こ奴らが使えないからっ！）

声にならない叫びを上げつつ睨む先に居たのは、目の前に座るむざむざと蔡邕の娘を逃がした男。王允と幷州勢との繋ぎ役として董卓から派遣されている男の名は李粛と言った。

「いや、俺を睨まれましてもね」

李粛にしてみれば、王允も幷州勢もただの同郷に過ぎないのだから自分を睨まれても困るとしかいいようがない。

ちなみにこの李粛という人物は董卓が幷州刺史であった頃から彼に仕えていた人物であり、その上で珍しく書類仕事もできたので董卓配下の中でもそれなりに重用されていた人物であった。そんな彼はその出自から当然丁原に仕えていた幷州の人間とも付き合いがあったので、今回のドタバタの中で董卓が丁原の兵を吸収した際、配下の中に涼州閥や幷州閥といった派閥が生まれないように、緩衝材としての役割を背負わされた人物でもある。尤も、緩衝役とは言っても、元々董卓自身が幷州刺史であったことも有るし、幷州勢の中にはその時期に董卓の下で働いていた者たちもいたので、時間さえあれば幷州だの涼州だのと言った括《くく》りは無くなっていくと思われていた。

それに何より、彼らの目の前には反董卓連合という共通の敵もいたので、この時点では緩衝役と言っても、その仕事はお互いの細かいニュアンスの調整程度――これはこれで重要なこと――であり、李粛としてもそれほど難しい仕事をこなしているという認識は無かった。しかし、ここ最近は違う。現在李粛は、書類仕事から解放されて自由《武官としての仕事》を満喫する董卓陣営の中に於いて、唯一政治の澱みに関わることを余儀なくされている存在である。

彼の受難は、董卓の武力が増すことを恐れた王允《老害》による『長安の治安維持の為に幷州勢を貸して貰えないだろうか？』という一言に端を発していた。

実のところ王允は、洛陽の名家と同じように武や商いを蔑むような価値観を持っており、心中では董卓を『辺境の蛮族の長』と見下していたところがあった。しかし、将としてもそこそこ優秀なのが災いしたのだろうか。見下していた董卓が数に勝る反董卓連合を真っ向から跳ね返したことで、彼は董卓の持つ武力がどれほどのものなのかを、正しく知ることができてしまったのだ。

文よりも武を標榜する者たちを蔑んでいながら、武力が生み出すモノを軽んじてはいなかった王允は、董卓が野心を持った場合何進以上の権力を得てしまうのではないかと危惧し、彼の力を弱める為に涼州勢と幷州勢の間に溝を作り出そうとしてしまう。これは董卓が何進と違い国政に興味を抱かず、名家だのなんだのに関わろうとしなかったことで無視された形になった王允が『董卓はその気になれば名家だろうがなんだろうが皆殺しにできる人間だ』と改めて認識したことが大きい。実際に董卓は洛陽での粛清を行う際に、どんな宦官だろうが、どれだけ格式が高い名家だろうが構わず潰しているという実績もあるので、この考えは一概に間違っているとも言えないのが判断の難しいところである。

……前提条件として、潰された家には潰されるような理由があるのだが、家柄を忖度しないというのは、彼らのような人間にとってそれだけで恐怖の対象になるようだ。

閑話休題。

内心はさておき、董卓の権力の増大を恐れた王允は、董卓の武力の分散を狙い彼に対して『自分と同郷の并州勢を長安で使いたい』といって并州勢を借り受けることにした。

しかし王允は武一辺倒の彼ら并州勢――董卓の配下の大半はそうである――を、己の命令を聞いて動く暴力装置としか見ておらず――これはこれで正しい在り方では有るのだが――普段の言葉遣いや態度の節々から彼が并州の将兵を見下しているのが見えてしまっていた。力を借りていながらその相手に対する配慮に欠ける王允の態度を危ぶんだ董卓によって、并州勢と王允との間で無用の衝突が発生しないようにするための緩衝役として派遣されたのが、この李粛だった。

彼は先述したように王允の同郷ということもあるが、并州勢には珍しく文官仕事ができる人間であり、洛陽では董卓と共に書類地獄を戦い抜いた猛者でもある。その実績が有ったので王允も李粛を他の并州勢のように蛮族扱いをして邪険にすることは無く、それなりの態度で接していたし、并州勢も同じ并州出身の癖にお高く止まっている王允のことを内心で見下すことは有っても、李粛には一定の敬意を払っていたのでこれまでは特に問題も無くそれなりにやれていた。

――本来ならば董卓と共に右扶風の郿に新設されている城に入り、洛陽で味わった地獄の数分の一程度の書類仕事をしながら、自由気ままに暮らす予定であった李粛にしてみれば、この扱いは名誉どころかいい迷惑でしかない。

それでも李粛は『これも仕事だしなぁ』と色々諦め、なんとか調整役として働いてきたのだ。

そんな李粛にしてみれば『自分の悪口を言った蔡邕の娘が逃げ出した！』などと唾を飛ばされて叱責されても『知るか』で終わる話でしかない。

「そもそもの話ですがね。その弘農に行った娘さんの親父である蔡邕ってのは、弘農に居る陛下から『無罪だから釈放しろ』って言われて釈放したんでしょう？　でもって、その親父が陛下に謝礼を述べる為に娘さんに財を持たせて弘農に送ったんですぜ？　それに対して俺らにどうしろってんですかね？」

もしも蔡邕が罪人であるというならば、それを釈放してもらうよう嘆願しようとしている娘を止めるのもわからないではない。しかしその蔡邕は、皇帝その人に『罪人ではない』と認められたのだ。ならばその娘の行動を掣肘することなど、一介の武官でしかない自分たちにできるはずがないではないか。

しかもその行動が『帝への感謝の気持ちを伝えに行く』というのであれば尚更だ。

尤も、彼女の行き先が弘農と判明した時点で、幷州勢も李粛も『俺らは何も見てねぇからさっさと行ってくれ』と黙認する感じだったらしいが、それはそれ。

「むっ」

李粛の言うことはまさしく正論であり、王允としても返す言葉もない。……と思われたが、一日千里を走ると言われた王允の思考は、一介の役人である李粛が及ぶべきところではなかった。

「そんなことを言っている場合か！　奴の娘が幼い陛下に対して我らの誹謗中傷を訴えたらどうな

ると思っている!?」

王允、魂の叫びである。

この叫びには司徒という官職に価値を見出《みいだ》している者であれば何かしらの忖度をしたかもしれない程度の熱量はあった。だが元から名誉に拘っていない李粛にとってはどこ吹く風。

「……どうもならんでしょ。せいぜいが向こうの作る資料に『蔡邕の娘がこう言っていた』って残るだけの話ですかね?」

「それが問題なのだと何故わからんのだっ!」

「いやぁ。それが問題と言われましてもねぇ」

(普段から散々幷州勢《俺たち》に汚れ仕事をさせておきながら、今更何を言ってやがる)

後頭部をボリボリ掻きながら王允を見る李粛の目には、隠しきれないほどの呆れや侮蔑といった負の感情が宿っていた。

それも当然だろう。この李粛は、王允や楊彪がこれまで名家の粛清を董卓の配下にさせておきながら、その裏では自分に阿る名家の連中を匿ってやるという自作自演の狂言を行うことで、長安に残っている名家連中から信望を集めていることを知っているのだ。

今まで散々自分たちを悪者にして利益を貪っておきながら、いざ自分が悪し様に言われたら癇癪を起こして騒ぎ出す輩に価値を認めるはずがない。

「なんだその目は!」

しかしこんな輩でも王允は司徒という三公の一つの官職を預かる身である。そんな彼から見れば李粛など多少は見るべきところがあると言っても所詮は蛮族の一味でしかない。

そして蛮族の一味から侮蔑の眼差しを受けて平静でいられるほど王允という人間は大人ではない。

「なんだと言われましてもねぇ……」

対する李粛は李粛で王允が望むことを理解していながらも、頭を下げる気はなかった。一応李粛もこれが無礼な態度ではあることは自覚している。もしも李粛が単体で長安に居るというのなら、王允に頭を下げることもしたかもしれない。

しかし今の李粛は大将軍である董卓の名代として長安に居るのだ。必要以上に畏《かしこ》まる必要はないという事情がある。

いや、この場合は『畏まる必要はない』というか、あまり畏まっては董卓の名に傷が付くので、多少は偉そうにする必要があると言った方が正しいだろう。

それに加えて今の制度上では、三公よりも大将軍の方が立場は上だし、何より丞相である劉協や皇帝である劉弁が司徒の王允や司空の楊彪よりも董卓を信用しているので、王允が何を言ったところでいきなり李粛が罪に問われることは無いと理解していることも、李粛が強気の態度に出られる理由の一つであった。

「くそっ！　もういい。下がれ！」

「……了解でさぁ」

これ以上ここで李粛と話しても何も解決しない。それどころか不愉快な目を向けられるだけだと判断した王允は李粛に退室を促し、退室を命じられた李粛も王允に対して何かを言ってやる気もなかったため、その言葉に従って退室していった。

「くそっ！」

一人になった王允は、部屋の中央に備えてある机に対し、両手を叩きつける。

「くそっ！　くそっ！　くそっ！　どいつもこいつもっ！」

ドンッ。ドンッ。ドンッ。

意味を成さない言葉を吐き捨てながら真っ赤な顔をして何度も何度も机を叩きつけるその姿は、まさしく癇癪を起こした子供と一緒である。名ばかりの人間が己の権威が通用しない存在を疎ましく思うのは、古今東西、どんな時代でもどこの国でも同じこと。

そして今日、董卓の配下に過ぎない李粛にすら侮蔑の目を向けられておきながら、一切反撃することが出来なかった王允は、己が『李粛の背後にいる董卓にすら嘲笑されているのではないか？』という思いに囚われてしまっていた。

「おのれ李粛！　おのれ董卓っ！　……そうだ、董卓だ！　奴がいなければ李粛ごときが私にあのような態度を取ることはできなかったのだっ！」

己を一人の武官と定義し政治に関わることなく大将軍としての職務に専念する董卓は、今の王允からすれば政治を、ひいては己を軽んずる慮外者《りよがいもの》である。

李粛の眼差しを思い出すたびに、その屈辱に身を震わせて机を叩き続ける王允の下に【とある人物】から使者が訪れるのは、この李粛との会談からわずか数日後のことであった。

三二　曹操の涙

兗州東郡・濮陽《ぼくよう》県

　袁紹と袁術を分断している物理的な壁である兗州。その西北に位置し、冀州と隣接する東郡を治めることとなった曹操はこのとき、年末年始の支度とは別の意味で祝賀の宴を開いていた。

「良かった！　貴殿が来てくれて本当に良かったっ！　君こそ我が子房だっ！」

「いやはやまったくですな！　まさか『王佐の才』と称された貴殿が曹操様に仕えて下さるとは、この陳宮、想像もしておりませんでしたぞ！　もしもこれが夢だったなら、曹操様は傷心の余り天に召されてしまうかもしれませんな！」

「ははは、こやつめ！」

　東郡太守曹操と別駕従事の陳宮は、そう言いながら涙を流さんばかりに喜び、己の下に仕官を申し出てきた若者を手放しで賞賛していた。

「は、はぁ。実績の無い私の加入をここまで喜んで頂けるとは……あの、その、なんと言いますか、恐縮です」

「ははっ、謙遜しなさるな！　お、杯が空いているではないですか、さぁどうぞ！」

「あ、ありがとうございます」

いきなり現れて仕官を求めた自分を歓迎するために宴を催されてしまい、思わず恐縮してしまっているのは今年で二九になる一人の若者。その名を荀彧《じゅんいく》と言った。

この荀彧という人物は、一部の界隈に於いて『荀の軍師』などと揶揄され軽く扱われることもあるのだが実際のところ家柄も良く、優秀な者ぞろいと言われた一門の中でさえ更に高い能力を持つと評価されている俊英でもある。その上、今は弘農で皇帝の側に仕える何顒から『王佐の才』とまで称された程の人物である上に、曹操がなによりも望んでいたものを持つ人物でもあるため、曹操は彼の加入を心から喜んでいた。

そんな『漢』という国の中でも指折りの名家に生まれ育った彼が、自身が所属する名家閥と敵対関係にある宦官閥の代表と言われる曹操の下を訪れたのには、当然のことながらいくつか事情があった。

まず彼は、単純に自分を安売りするつもりはなかった。多少横柄に聞こえるかもしれないが、彼は己の才を無駄に使い潰すような人間に仕えようとは思っていなかった。その証拠に、先日冀州牧である韓馥から招聘を受けたのでその人品を推し量ろうと冀州は魏郡の鄴県に赴いたところ、兄である荀諶《じゅんしん》が仕える袁紹が鄴の実権を握りつつあったのを見て取り『家柄だけを見る無能な逆賊に仕える気はない』と踵《きびす》を返した程である。

無論、彼とて『家柄をではなく個人を見て欲しい！』などと宣うような青臭い子供ではない。家柄への信用とは、すなわち先人たちが積み重ねてきたことへの信用だ。故にそれを軽んずる事はない。よって家柄を考慮した上で個人の能力を見るというのであれば、それは彼とて望むところであった。『たとえ今は逆賊と罵られようと、己の力を振り絞って挽回してみせる！』と現状に立ち向かうだけの気概もあった。

しかし家柄『しか』見ないのは駄目だ。

自分を重用してもらえると考えれば一概に悪いことではないのかもしれない。しかし『何を発言したか？』ではなく『誰が発言したか？』に重きを置くような人間は信用できないし、そんな人間が大成するはずがない。そう思っている彼には、袁紹に仕えると言う選択肢は無かったのだ。

また、荀彧の細君が宦官の娘であることも良くなかった。

元々親同士が決めた婚姻なので荀彧が悪いというわけではないし、細君に問題があるわけでもないのだが袁紹のような『誰が言ったか』を重視する人間と関わる際、宦官と繋がりがあるというだけで負い目となってしまう。そのため荀彧は袁紹のような人物に仕えるわけにはいかなかったのである。そうした理由から袁紹を見限った荀彧は、同郷だの知人の紹介だの世の噂だのを頼りにするのではなく、己の目で己が仕えるべき主君を探すことにした。

そこでまず白羽の矢が立ったのが、今や長安から正式に冀州牧に任じられ冀州北部を制している劉虞と、最近冀州魏郡と隣接している兗州の東郡を治めることになった曹操であった。実のところ彼は、当初は宦官閥でありながら袁紹の親友として反董卓連合に参加した人物である曹操という人物が理解できず、意図的に避けていた。しかしある日、そんな己の思考が袁紹と同じ『誰が』を重視していることだと自覚してしまった。

それを自覚してしまった後、脳裏に袁紹の姿を思い出し『あんな人間になりたくない』と考えた彼は、とりあえず曹操という人物の器量を確かめようと思い人知れず東郡を訪れることになる。それが先月のことだった。

そして彼は濮陽において曹操が行っている施政を知り、大変な感銘を受けることとなった。

元々曹操は二か月ほど前に東郡の太守になったばかりで色々と不足していたのは否めなかったが、それでも他の人間が治める地域と比べて軍の統率は取れていたし、それに比例してか治安も良かった。治安が良ければ民の表情も明るくなるのは道理であろう。結果として曹操が治める街は、韓馥の配下と袁紹の配下がグダグダと権力争いをしている鄴と比べて、人口は少ないながらも活気が有った。それが荀彧の目には『将来性』に見えたのだ。

このような街を作り上げた曹操に対して、荀彧の評価は当然上方修正されることとなった。そうしてしばらく東郡を見て歩いた彼は曹操への仕官を決意することになる。

この決意の裏には、現在の曹操陣営が名家の人間が非常に少なく、深刻な文官不足に陥りつつあることを見た荀彧が『曹操にならば己を最高値で売り込める』と考えたことも無関係ではない。しかし、その辺は仕官するにあたって誰もが考えて然るべきことなので、さほど気にすることではないだろう。そんな微妙に腹黒い計算はともかくとして、荀彧は正式に濮陽の宮城を訪れ、その名を名乗り、曹操に仕官したいという旨を伝えた。

その結果が、今行われている荀彧の加入を歓迎するための宴である。

（な、なぜだ？）

いや、まぁ荀彧とて、自分が主君と定めた人間に下にも置かないような高評価をされるのは素直に嬉しいし、袁紹と違い見る目がある人間に評価されていることに悪い気はしないのも確かだ。しかし新参の若輩者がいきなりこのような扱いを受ければ、周囲から反発を招くのは必至であることも確かなのである。

もし荀彧が袁紹のように『ふん！　この私が宦官の孫の幕下に加わるというのだから、この程度の待遇は当たり前のことだ！』などと宣えるような性格をしていれば、まだ良かった——荀彧の精神衛生上は良いかもしれないが、曹操陣営の中では間違いなく孤立することになるが——かもしれない。

しかし荀彧はこれまで名家としての教育を受けて育って来たため、周囲の嫉妬や讒言がどれだけ危険なのかを理解しているし、基本的に武官と文官は不仲であることも知っている。

そして今の曹操陣営は武官が幅を利かせているところがあるということも理解している。

故に、一度でも『もしも今の自分の待遇を羨んだ武官が闇討ちなどをしてきたら……』と考えしまえば、この高待遇に関して『嬉しい』と思う以上に『怖い』と考えてしまうのも当然のことと言えよう。

（……何が一番怖いかと言えば、曹操殿だけでなく、武官の代表格である夏侯惇《かこうとん》殿や、文官の代表格とも言える陳宮殿までもが手放しで喜んでいるところなのだが）

特に荀彧を恐れさせているのが陳宮の態度である。今まで曹操の片腕として辣腕を振るってきた陳宮から見れば、荀彧の存在は己の立場を脅《おびや》かす者と同義である。そんな荀彧の加入は陳宮にとってまさしく今後の浮沈に関わる大事件であるはず。それなのに彼は曹操と共に荀彧の加入を心から喜んでいるように見える。

（……何かがおかしい）

荀彧が感じている不気味さをたとえるなら、そう。虎が巣穴に飛び込んできた餌を油断させるために、あえて寝たふりをしているような……そんな怖さがあった。

いや、陳宮も曹操も自分をどうこうしようとは思っておらず、純粋に喜んでいるように見えるのだが、荀彧はそう感じ取ってしまったのだ。そして荀彧は怖いものを怖いと認識することを恥と思うタイプの人間ではない。むしろ恐怖から目を背けて死地に向かうことの方が恥と思うタイプの人間である。その為、荀彧は今現在感じている恐怖を気のせいとして割り切るようなことはせず、しっかりとその原因を探り対処しようとしていた。

～～～


少し前に宴は酣《たけなわ》を迎え、今は所々で酔いつぶれた者たちが寝ているといった感じになりつつある最中のこと。

「陳宮殿。少しよろしいだろうか？」

意を決した荀彧は、陳宮に己の疑問を問いかけようと声を掛けた。

その表情は今までの『思わぬ歓迎を受けて萎縮する若者』ではなく、生き馬の目を抜く軍師の表情である。

「おぉ荀彧殿！　……何やら深刻な顔をされておりますが、今宵は貴殿を歓迎するための宴なのです。あまり暗い顔は見せぬ方が良いですぞ」

「……ご教示恐れ入ります」

荀彧の表情を見て慌てるどころか、歓迎を受ける人間の心得を語る陳宮はやはり一廉《ひとかど》の人間なのだろう。そう思って陳宮への評価を上方修正した荀彧だが、だからこそ彼が本心から自身の参入を喜んでいることが理解できず、その困惑を深めることになっていた。

「貴殿の気持ちはわかりますぞ。何故ここまでご自身が我らに歓迎されるのか分からぬので不安なのでしょう？」

「……はい」

いきなりど真ん中を貫かれた荀彧は、暈《ぼか》すだのの誤魔化すだのといったこともできず、頷くしかなかった。

「これに関しては後日曹操様からもご説明があるかと思われますが、荀彧殿とて何も知らないままでは不安でしょう。そしてその不安が曹操様への不信になっては本末転倒。故に、まずは某が話せることをご説明させて頂きましょうか」

「ええ。よろしくお願いします」

姿勢を正す荀彧に対し『そのように畏まる必要はありませんぞ』と苦笑いしながら陳宮は説明を始める。

「まず、貴殿が陣営に加わることで、我らは今後名家閥の人間を口説き易くなりました。これはわかりますな？」

「はい」

荀彧が曹操陣営に加わるにあたって、最初に自分を高く売り込めると感じたのはそこなので、これについては特に問題はない。なにせ今の曹操は宦官閥の代表格にして逆賊である。これでは士大夫と呼ばれる知識層が彼の下に集うのには抵抗がありすぎる。そこに漢を代表する名家の自分が加われば、彼らは曹操の下に集ったのではなく、荀彧の下に集ったという言い訳のようなものができるようになるのだ。

これは外戚である何進がどこぞの腹黒を傘下に加えた際、自身の派閥の中に名家閥を形成したのと良く似ており、曹操が荀彧を得たことで発生するわかりやすい効果と言えるだろう。これにより慢性的な文官不足という状況を脱却できるとなれば、曹操が喜ぶのも無理は無い話である。

（それだけではあるまいが）

陳宮の言に頷きつつも疑う荀彧の思いは正しい。

「それに付随して、貴殿のおかげで私や曹操様の仕事が減ります。これが本当に嬉しいことなのです！」

「は、はぁ」

（し、仕事？）

曹操も陳宮も書類仕事が苦手というわけではない。ないのだが、彼らは現在下準備もなくいきなり郡太守となった為に郡を治めるにあたってノウハウも何もない状況なのだ。さらに先代の太守である橋瑁が劉岱によって討たれた際にはその側近たちもまとめて討ち取られてしまったので、引き継ぎも何もできなかった。そのため現在彼らの執務室は書類に占拠されている状況である。

……いや、実際この程度で済んでいるのは曹操と陳宮の能力の高さ故なのだが、今の彼らにはそんなことは何の慰めにもならなかった。

とにかく書類仕事ができる人間が欲しい！

これが曹操と陳宮の偽らざる気持ちであった。そこに荀彧という書類仕事のスペシャリストが来てくれたのだ。将来の人材云々を別にしても、それだけで歓迎すべきことなのである。

ついでに言えば武官たちもこれに関しては同じ気持ちであり、彼らは文官と武官の確執がどうこうよりも、自身に回ってくる書類が減ることを純粋に喜んでいた。

「な、なるほど」

（そこまで切迫した状態だったか）

訥々《とつとつ》と語られる愚痴やら何やらを整理すれば、なんのことはない。結局は『書類仕事がきついからできる人間が来てくれて助かる』というだけの話と理解した荀彧は、今の曹操陣営は自分が思っていたよりも未成熟であり、裏を疑う以前の問題なのだということに気付くことができた。

（これは好都合）

予想以上に人材が不足していたことを知った荀彧。これに失望するか、それとも希望を見出すかは人それぞれであろうが、荀彧は後者。この状況に希望を見出すことにした。なぜなら未成熟であるということは、これから成長するということであり、その際に己の力を存分に奮えるということだからだ。それに、曹操個人の能力が極めて高いのも良い。

もし荀彧が袁紹の陣営に参加した場合はどうだろう。まず兄の荀諶に遠慮する必要もあれば、序列だの年齢だのといった柵《しがらみ》があることは想像に難くない。その上、袁紹に荀彧が献策する策を理解できるだけの下地があるとは思えなかった。

だが曹操は違う。彼とは軽く話しただけでもその知性を確認することができたし、実際の能力も彼が治める東郡を見ればその高さがわかるというものだ。

「陳宮殿。この未熟者の不躾《ぶしつけ》な問いに答えていただき、ありがとうございました」

そんなこんなで曹操が自分を歓待する理由を理解して不安に思っていたことが解消されたことで晴れやかな気持ちとなった荀彧はその一助となってくれた陳宮に素直に礼を述べる。

「いやいや、我々はこれから同じ陣営で働く同志なのです。遠慮は無用ですぞ」

「ええ、今後共よろしくお願いいたします！」

素直な礼を述べられた陳宮も、ここで荀彧に臍《へそ》を曲げられずにすんだことに内心でホッとしていた。

「では改めて盃を交わしましょうか」

「是非に！」

こうして陳宮と荀彧という稀代の軍師は、その蟠《わだかま》りを捨て、誼《よしみ》を通じることになったのであった。

――なお、そんな稀代の軍師が和気藹々《わきあいあい》と盃を酌み交わしていたころ、彼らの主である曹操はというと……。

「良かった。本当に良かった」

と、涙を流しながら酒を飲んでいたそうな。

何故彼はこんなにも荀彧の加入を喜ぶのか？

それは陳宮が言ったように、書類地獄への道連れができたことや、今後の文官の登用に光明が見

えたということもある。しかしそれだけではない。

今の曹操の内心を理解するには荀彧という人間のプロフィールを思い浮かべる必要があるだろう。引っ張るまでもないことだが、荀彧という人物は、【今は弘農で皇帝の側に仕える何顒から『王佐の才』とまで称された】人物であると同時に【弘農で尚書令をしている荀攸の叔父】なのである。

そう。つまり荀彧は、曹操が欲してやまない『個人的な弘農との繋がり』を持っている人材なのだ！

……なぜ曹操がここまで弘農との繋がりを欲するかと言えば、実のところ曹操には、董卓や孫堅とは違い弘農の人間との繋がりが全くといって良いほど無いからである。

これはどこぞの腹黒が彼を警戒していたことを尚書令殿こと荀攸が覚えており、弘農の人間や大将軍府に所属する人間に対して『不用意に曹操と接触しないように』と名指しで危険人物指定をしていたことが原因なのだが、そんなことを知らない彼からすれば『董卓の命令で反董卓連合に参加したのに、今後自分がなんとかなる保障がない』ということに、常々頭を悩ませていたのだ。

そこに現れたのが、幅広い人脈とピンポイントで弘農に伝手《つて》がある荀彧だ。曹操から見れば荀彧は様々な意味で自分を助けてくれる光明である。そのため彼を幕下に加えたことで『これで助かる！』と感極まってしまったのも無理はないだろう。

乱世の奸雄と評される男とはいえ、漢に生きる人の子。それが皇帝に対して何の伝手も無いままに逆賊袁紹の親友でいることは、彼にとっても、また彼の部下にとっても多大な重圧であったことは想像に難くない。

今日という日は、その不安が——多少なりとも——解消された日なのだ。故に少しくらいは羽目を外したところで、それを咎めることが出来る者など居やしない。

……翌日。曹操や陳宮は年末を迎えるこの時期に予定外の大盤振る舞いをしたことで、経理を担当する者たちと共に頭を痛めることになるのだが、それでも彼らの表情はどこか明るかったとか。

三三　年末の孫家

一二月　荊州南郡・江陵

長安の董卓が孫娘を心配して悶々とした年末を迎え、兗州東郡の曹操が二日酔いと財政に頭を悩ませている頃のこと。先の戦で襄陽を落とし、劉表を追放して完全に南郡を手中に収めた孫堅は彼らとは別種の悩みのせいで頭を抱えていた。

その悩みとは……。

「父上！　来年には、いえ、今年中にでも江夏の劉琦《りゅうき》を討ち取りましょう！」

これだ。孫堅の頭を悩ませるのは休日の親を遊びに誘う少年よろしく、顔を合わせるたびに自身に出撃を促してくる跡取り息子、孫策《そんさく》の存在であった。

「なぜそこまで急ぐのだ？」

孫堅にしてみれば江夏の劉琦などただの雑魚であり、わざわざ急いで討伐する価値があるとは思っていない。だが、話も聞かずに否定してしまっては後継である孫策の立場がなくなってしまう。

そう考えて、とりあえず孫策の言い分を聞いてみると、孫策は孫策で考えがあったようだ。

「連中は孫家に対して並々ならぬ敵愾心《てきがいしん》を抱いております！　こちらが気を抜けば攻められる可能性もあるのですから、その前にこちらから攻めて禍の種を除くべきです！」

「……ふむ」

孫策の意見も、軍事的に見れば一応頷けるだけの理屈はあることは孫堅も認めざるを得ない。しかし戦を語るには軍事的な視点だけでは駄目なのだ。今の孫策は自分たちが江夏を攻めるには懸念材料が多々あるということが理解できていない。これこそが、現在孫堅が頭を痛めている問題であった。

「なぁ策よ、俺がすぐに江夏に攻め込まない理由が分かるか？」

「え？　この度手に入れた南郡の慰撫を優先しているからではないのですか？」

「うむ。それも理由の一つではあるな」

「……一つでしかないのですか？」

「そうだ。他にも理由があって動かんのだ」

（最低限は理解しているようで何よりではあるが、やはりまだ足りん）

元々は一地方軍閥の統領に過ぎなかった自分が、いきなり長沙一郡の太守となったのがおよそ五年前のこと。それから一昨年の何進暗殺から始まる一連の混乱の渦中で、孫家は荊州の南四郡と南郡を治めることになった。つまりこの僅か二年で単純に考えても五倍以上領土が広がっていることになる。

急速に増えた領土の維持管理を考える必要があるので、今はこれ以上領土を拡大したくないと思っているのも確かだ。なにせ増える領土に比例して不足する人材という現象が生み出すのは、捌きれない書類仕事が時間とともに増加し、処理しても処理しても先が見えない書類地獄という名の地獄。

その地獄の恐ろしさは、一回殺せばそれで終わる劉琦との戦と比べて数倍、いや、数十倍恐ろしい。これは孫堅だけではなく、文官全員の共通した想いだろう。

書類を恐れる孫堅たちの心情を孫策が正しく理解できていないのは、孫策本人の気質もあるだろうが、やはり襄陽を得た際に登用に成功した劉表配下の文官たちのおかげで一応領内の政が滞りなく行われているせいだろう。

もちろん政が滞りなく行われるのは決して悪いことではない。しかしそのせいで危機感まで薄れてしまうのは困る。さらに言えば、幸いというか何というか、周囲に目を向ければ状況が孫家に味方しているように見えるのも悪いのだろう。

まずは南。零陵や桂陽の蛮族を支援していた交州の妖怪を早々に討ち取ったことで、今は交州刺史の朱符がその妖怪の家族による跡目争いを傍観しつつ急速に影響力を増している最中であり、現状では南方からの侵攻は無いと断言できる。

そして西。益州は先年の馬相の乱の影響を完全に断ち切れていない。州牧の劉焉はなにやらよからぬことを企んでいるようではあるが、今は内部の統制を強めている最中なのか、少なくとも荊州に手を出せるような状況ではない。

北。南陽も司隷も味方である董卓の軍勢が居座っており、現状では彼らに挑もうとする勢力はいないので、これも問題ない。

最後に東。現在の揚州は反董卓連合に参加した諸侯が劉繇《りゅうよう》を旗頭として朝廷に逆賊の汚名を晴らすために上奏しようとする派閥や、袁術に味方して逆賊の汚名を解除してもらおうとする派閥。さらには徐州牧である陶謙に降ろうとする派閥や、孫堅に降ろうとする派閥。さらには半独立状態にある派閥など、様々な派閥に分かれて争っているので、向こうから荊州に手を出す余裕はない。

このような感じで、荊州に隣接する東西南北全ての地域にいる諸侯が孫家に攻勢を仕掛けてくる可能性が極めて低いと判断できる状況にあっては、今のうちに自分たちの反抗勢力である劉琦を叩いて、荊州の内部を完全に固めようとする孫策の意見も、軍事的には間違ってはいないのだ。

しかし、ここに軍事しか見ていないが為に見落としている大きな落とし穴がある。

「まず資財だな。これはお前もわかっているだろう？」

江夏を攻めるとなれば船戦になる可能性が高く、その為の準備やらには単純な陸戦以上に時間と金が掛かる。

「はい。ですがいずれは攻める必要がある敵です。それに奴が逆賊とされた劉表の子である以上、攻める口実には事欠きません。ならば纏まった力を得る前に潰す方がよろしいのではないでしょうか？」

金に関する反論は予想していたのだろう。孫策はしたり顔で『今なら最小限の出費で済む』という彼らしからぬ意見を述べてきた。

（これは周瑜あたりが入れ知恵したか？）

最近孫策が同い年である周家の御曹司と随分仲が良いらしいということは聞いているし、後継者である孫策にこういった視点を持つ友が居るのは良いことでもある。だからそのことに文句を言うつもりはない。……しかしながらその御曹司も経験不足故かまだまだ視野が狭いと言わざるを得ない。

「そこまでわかっているなら話は早い。今回はその『纏まった力』というのが問題なのだ」

「？」

「わからんか？　ではまず我々が江夏を攻めた場合、攻められた連中はどうすると思う？」

「どうって……交戦ですよね？」

やはり甘い。

「そうしてくれれば良いな。だが、もしも連中が袁術に降伏したらどうするのだ？」

「あ！」

（ようやく理解したか）

そう。現在江夏を治める劉琦は反董卓連合に参加した劉表の嫡子。つまり漢に所属する孫堅たちから見て、彼は逆賊の子となる。その上、刺史は世襲制ではないということを考えれば、今の時点で劉琦は江夏を不法占拠している状況になる。よって、攻める口実には事欠かない。だが劉琦が袁術に降った場合はことが一気に面倒になってしまう。

「わかるか？　現在袁術は条件付きで恩赦を受けることが内定している立場にある。故に、袁術に降った場合、劉琦も恩赦の対象になる可能性が発生する。なにせ逆賊の指定を受けたのは彼の父親である劉表であって彼ではないのだからな」

実際汝南袁家は恩赦を餌にして周囲の連中の取り込みを行っている。そのため今の段階で袁家が劉琦に声をかけていても孫堅は驚かない。

「な、なるほど。直接逆賊の指定をされた袁術ですら恩赦の対象になるというのなら、劉表の子でしかない劉琦が恩赦の対象になる可能性は高いのですね」

「その通り。さらに今の長安は劉氏に対して便宜を図ろうとしているというのもある」

「便宜、ですか？」

意表をつかれたような顔をする孫策だが、少し考えれば分かることである。

「そうだ。弘農に御座《おわ》す陛下や丞相殿下の意向ではなく、楊彪殿や王允殿の思惑だがな」

元々董卓が政権を握った際に、劉表やら劉岱、劉虞等を州牧に任じていたのが彼らだ。帝派に近い王允にとっては下手に名家や宦官の紐付きが権力を得るくらいなら、劉氏に力をつけて欲しいと願ったのだろう。さらに姻戚関係にあった袁術の助命を成した――と思っている――楊彪も、王允から『今後は袁氏よりも劉氏を優先するように』などと言われてしまえば反論は難しい。おそらく王允はそうやって劉氏を優遇することで、彼らの覚えを良くしておこうという考えなのだろう。

内々にやっているならまだしも、あからさまに協力を要請されては孫堅とて逆らうのは難しい。

「わかるか？　長安の上層部に王允が主導する劉氏優遇政策に賛同する勢力がある以上、下手に彼らを敵に回してはこちらが逆賊にされかねんのだ」

「む、むぅ」

「さらに先年のことで袁術らも我らを恨んでいるだろうからな。今は恩赦を受けるためにあからさまな敵対行動はしてこないが、もしも我らと戦端を開く口実があるなら積極的に劉琦の支援をするだろうよ」

「あぁ。確かに」

袁家には孫堅が襄陽を落とした際に、反董卓連合に参加する条件として提示した二万の兵を養うための物資を根こそぎ奪われた恨みがまだ残っている。孫堅からすればあの行いは戦の最中の謀略の一手でしかない。さらに孫堅が味方した董卓陣営が勝者となっているので表立って文句をつけてくることもないと確信もしている。

だが完全に手玉に取られた連中が自分に対して不満を抱いていることを忘れたわけではない。

それらを鑑みて孫堅は、孫家と袁家が戦になった際に、袁術が長安に『最低でも中立を保ってくれ』と根回しをする可能性は非常に高いと考えている。そして司空という立場にある楊彪は、孫堅を逆賊に認定することは難しいだろうが、袁家を一方的に悪者にしないよう、中立を保たせるのも不可能ではないだけの権力がある。

弘農？　あの腹黒がわざわざ自分の味方をするはずがない。味方をするどころかむしろ『中立なら問題ないでしょう？　それとも貴殿らは袁術に勝てませんか？』とか抜かして、孫家の武門としての誇りを煽りつつ、孫家と袁家を戦わせて両者を弱らせる策を実行してくる可能性を考慮しなくてはいけないくらいだ。

つまり弘農に話を持っていくのはかえって危険と言わざるを得ない。

つまるところ孫家としては、袁家との戦で疲弊したところを他勢力に叩かれては目も当てられない状態となってしまうので、今は積極的に攻める時期ではなく、まずは守りを固めつつ内政に専念し領内を安定させる時期だと判断しているというわけだ。

「そもそもの話、俺は南郡都督でしかないからな。今は南郡を纏めるのが先だし、江夏の劉琦が逆賊でなくなれば、攻める口実がなくなってしまうだろう？」

「それはそうですが……」

（ならその前に！　とでも言いたいのか？　やれやれだな）

「考えてもみろ。戦の最中に袁術に横やりを入れられるだけなら良い。だが、戦の途中で長安からの使者が来て戦を止められてはどうなる？　準備にかけた銭は返ってくるのか？」

「……長安からの停戦命令ですか。確かにその可能性はありそうですね」

「だろう？　その場合得をするのは誰だ？」

「劉琦……いえ、無傷で江夏を手に入れる汝南袁家でしょうか？」

「そうだ。よく見た」

孫堅としても、相手が劉琦だけなら鎧袖一触で潰す自信はある。だが、ここに汝南袁家が加われば戦が長引くことになると考えていた。そしてこの場合、長安が主張する『中立』は不干渉ではない。停戦命令だ。つまり今の段階で江夏を攻めることは、資財と兵を浪費させるだけでなく、汝南袁家に劉琦を得る口実を与えることになりかねないということだ。さらにこの停戦命令が出てしまった場合、袁術と劉琦は『未だ逆賊でありながら孫家と対等の扱いを受けた』という実績を得ることになってしまう。そうなれば孫家は丸損どころの話ではない。

故に、わざわざ彼らに付け入る隙を見せるくらいなら今は動かない。これが孫堅の考えであり孫家の決定であった。とはいえ、こちらが戦を望まないからと言って、向こうがそれを避けてくれるとも限らないわけで……

「だから我々は動かん。しかし、本格的な戦が起こる可能性がないわけでもない」

「それは？」

「様々な可能性があるが、な。これから一番戦場になる可能性が高いのは揚州だろう」

「え？　揚州ですか？」

まさか荊州の内部を纏める前に他の地域に手を出すとは思っていなかったのか、孫策は目を丸くして確認を取る。

「うむ。今の揚州はかなり荒れているからな。向こうの連中から援軍要請が来る可能性は低くないと見ている」

　現在揚州の中では先述した派閥が入り乱れているのだが、実を言うと揚州に存在する地方軍閥に於いて大半の連中は、直接反董卓連合に参加していたわけではない。

　尤も、参加をしていないからといって董卓に味方したわけではなく、元々洛陽から遠かった為に兵を送り出せなかったという事情ではあるのだが……とにかく、彼らは揚州牧である劉繇に巻き込まれた形で逆賊にされているに過ぎないという事情がある。

　厳密に言えば、揚州諸侯の大半が劉繇の反董卓連合への参加を容認したり、兵糧などの支援を行っていたので完全に無実とは言い切れないのだが、少なくとも直接兵を向けた連中よりは扱いが軽くなる可能性が高いのも事実だ。

「だからこそ揚州の中には、袁術に降って条件付きの恩赦を受けるより初めから逆賊でも何でもない俺に降り、俺から逆賊認定の解除を上奏して貰おうと企てる者達も居るわけだ」

　今の揚州は孫堅と袁術、劉繇に陶謙などの勢力による狩場と化しつつ有る。このような状況である以上、場合によっては年明け早々に各勢力の代理戦争のようなものが勃発する可能性も有る。

「だからな。俺としては、今ここで江夏を攻めて無駄に戦線を拡大したくないのだ」

「なるほど！」

政治的な話を正しく理解できているわけではないのだろうが、戦力の分散は避けるべきだという戦の要訣《ようけつ》を理解した孫策は、今までの訝しげな顔から一転し、今では尊敬する父に示唆された来年に起こるであろう戦に思いを馳せるような顔をしていた。

（はぁ）

孫策からすれば、初陣が南方から来る賊退治であったことがよほど不満だったのだろう。執務室から退出していく後ろ姿には、次の戦こそ！　という意気込みが見えるほど戦に逸っているのがわかる。だが、そんな息子の姿を見て『頼もしい』と思うより先に『危うい』と考えてしまうのは、孫堅の中に自分がただの軍閥の将軍ではなく、所領を治める太守であるという自覚が芽生えているからであろうか。

――己の成長と意気揚々と去っていった息子が残して行った気配の残滓《ざんし》に苦笑いをしつつ、執務に移ろうとした孫堅だったが、ここでふと思ったことを口に出してしまう。

「しかしあいつ、血の気が多すぎやしないか？　一体誰に似たのやら」

「「間違いなく殿ですな」」

「……」

思わず呟いた言葉に対し、今の今まで無言で書類仕事をしていた黄蓋《こうがい》らが口を揃えて突っ込んだのは言うまでもないことだった。

三四　大将軍の軍師

初平三年（西暦一九二年）一月・司隷・京兆尹長安・大将軍府

幽州に於いて公孫瓚が劉備の襲来を受けて胃を痛めている頃。洛陽から遷都し正式な都となった長安には、現在元々漢に忠誠を誓っている士大夫層の人間や恩赦を求めて諸侯から送られてきた使者などが新年の挨拶を口実にひっきりなしに訪れていた。

そんな中で各派閥の者たちは『新年を祝う』という名目で、コネ作りやこれからの漢に於ける勝ち馬は誰か？　またどうやってその勝ち馬に乗るか？　ということを真剣に語り合っていた。そして上記の連中から勝ち馬の筆頭に挙げられている董卓は、珍しく郿を離れて長安に上京したかと思えば、劉協への挨拶もそこそこに切り上げ早々に大将軍府へと引きこもっていた。

これには王允らも『自分たちが軽く見られた！』と、憤りを見せたものだが、元々劉弁や劉協からの信頼が厚い董卓に長居をされては自分たちの立場が無くなるということもあり、表立って騒ぐことにはならなかったらしい。

……本来であれば丞相の傍に立ち、彼らと一緒に諸侯からの新年の挨拶を受ける立場である大将軍董卓が何をしていたかというと、彼は現在全ての仕事を一旦保留し、新年の挨拶のついでにとある報告を携えてきた部下と密談を行っていた。

〜〜〜〜〜〜〜〜〜〜〜〜〜〜〜〜〜〜〜〜〜〜〜〜〜〜〜〜〜〜

「……あそこまで露骨にご機嫌取りをされただけで、あそこまで調子に乗ることができる王允の頭の中が俺には理解できん」

元々承認欲求が強く【名】を優先する名家に対し、武功や結果という【実】を重視する董卓は人間的な意味で相性が悪い。いや、相性がどうこうではなく、同じ空間に居ることすらおかしいくらいに価値観が違う。故に董卓には新年の挨拶ごときで一喜一憂する王允たちの気持ちはわからないし、王允たちも新年の挨拶を軽んずるような態度を取る董卓の気持ちは理解できないのだろう。

「そうですな。正直に言わせていただければ私には司徒殿どころか名家という連中が理解できませぬ」

そしてそれは董卓だけではなく、彼の部下全般に言えることであった。

「あぁ、それで理解できねば足を掬《すく》われるかもしれんから、いっそのこと近付かん方が楽だってか？」

「左様ですな」

彼を知り、己を知るのが策士の最低条件。で、あるとするならば、彼《相手》を調べても理解できないなら、最初から理解することを諦めて距離を置く。最初から無駄な労力は使わないことで、その分を他に回すという徹底した合理主義。これこそが董卓麾下の軍師に必要な素養である。

「……はぁ。好き勝手いってくれやがるぜ」

彼がいう理屈は無論董卓にもわかっている。そもそも涼州も并州も無駄を許容する余裕が無いのだから、生粋の涼州人ならば当たり前の考えと言っても良いだろう。

しかし、だ。董卓も人間である。今現在、立場の問題から名家の連中《面倒な》と距離を置くこともできずにこうして長安で仕事をすることを余儀なくされている自分に対し、抜け抜けと『面倒事は任せる』と言い放つ部下を一発ど突きたくなるのも仕方のないことだろう。とはいっても目の前にいる部下はあくまで『勝てない相手とは戦わない』と、戦場に生きる軍師として至極まっとうなことを言っているだけということは董卓も理解しているし、上に立つ者と従う者の職務は違うということも理解している。

それに、ここでこの部下に対して『お前も少しは政に興味を持て！』と説教をした結果、彼が政治の泥に飲まれ権力に溺れられても困るのも確かだ。

よってそれらの言葉と行動に附随する意味を一つ一つ考えねばならない董卓は、とりあえず溜め息を吐き嫌味の一つをぶつけるだけで我慢することにした。

「そうやってお前みたいにやりたいことを選べればどれだけ楽なんだろうなぁ」

「いや、大将軍閣下なら好きに選べるでしょう?」

現実を理解していない部下の返答を受けた董卓は「わかってねぇな」と呟き、簡単に立場についての解説を始める。どうやら相当溜め込んでいるようだ。

「そうでもねぇ。柵ってのはなぁ、偉くなれば偉くなるほど厄介に絡みついて来るもんだ。俺もこの立場になって初めてわかったことだがな」

大将軍という立場は軽くはない。故に今の董卓は軽々に長安や郿以外の地には移動はできない。喪中の皇帝陛下に個人的な挨拶をする為に弘農へ行くなどできようはずもない。……つまり、董卓は弘農へ送った孫娘の顔も見に行くことすらできないのだ。

「はぁ……面倒なものですな」

「ほんとにな」

少し前なら名家や宦官どもに顎で使われることに嫌気が差していたものだが、今ではそんな名家どもからの挨拶を受け、世辞やら何やらを聞いてやらなくてはならないのだから本当に面倒極まりないものである。

これでもしも董卓が自身の武力を背景にして逆らう者を問答無用で殺し、張譲ら十常侍のような連中や一昔前の外戚である梁冀《りょうき》のように、自身の意で国政を壟断できるような人間ならばまだ良かったかもしれない。その場合董卓は、面倒な仕事は他の人間にやらせ、自分は好きな相手だけから挨拶を受け、酒に、女にと溺れることもできただろう。

しかし董卓は己が生粋の武人であり一介の将帥でしかないことを誰よりも自覚している。そして、自分よりも洛陽という泥沼を理解し、政治と謀略に天性の才が有った何進ですら飲み込まれた政治の澱みの醜さと怖さも理解しているのだ。

だからこそ董卓は長安から多少の距離がある郿の地に要塞を築き、そこを拠点とすることで長安の政治から距離を置こうと今も苦心していた。そんな『あんなところに好き好んで居たくない』という気持ちがあるからこそ、彼の心は長安の呪縛から引き離されていると言ってもよい。

……もしそうでなかったら、年がら年中煽《おだ》てられることに嫌気が差して名家どもを全員殺した後で、どこぞの腹黒に『仕事を増やした罰』と言われて生きながらにして書類地獄に落とされるか、もしくは煽てられて増長して調子に乗ったところを『仕事をしないなら死ね』と、暗殺されていたかだろう。

大将軍としての職務を放棄して逃走を図ったなら？　当然『用無し』として殺されるだろう。

いや、董卓とて簡単に殺されるつもりはないが、現在の自分の歳（今年で五四歳）を考えればこれから何があるかわからないので、一族のためにも無駄に波風立てる気はなかった。

尤も、そもそもどこぞの腹黒は現在董卓に利益供与をしてくれている立場の人間であって、敵対関係にはない。故に彼との間に殺すだの殺されるだのと言った考えは杞憂に過ぎないのだが……件の腹黒は董卓をしてそういった甘い考えを確信させないだけの怖さを持つ男であった。

「あ～止め止め。辛気臭せぇこと考えてねぇで、そろそろ本題に入るか」

「はっ」

目の前に書類を積まれる悪夢を思い起こした董卓は頭を振って本題である部下からの報告を受けることにした。部下にしてみてもそのために長安まで上京して来ているのだから、話が変わることに異論が有るはずがない。

「で、本当にあったか？」

「はっ。確かにありました。現在向こうでは【あれ】を巡って各氏族が水面下で戦の支度をしている最中です」

「そうかよ。はぁ……一体どこでこんな情報を手に入れたんだか」

「探りますか？　私は御免ですが」

「俺だって御免だ」

さりげなく自分は安全な場所に逃げつつこちらにどこぞの腹黒を探らせようと煽ってくる部下に対し、八割の苛立ちと二割の頼もしさを覚えながらも董卓は頭の中に向こうの地図を描く。

「……四〇は多すぎるな」

董卓は己の頭の中に浮かべた地図と、その中に点在するおよそ四〇の纏まりを思い起こし独り言《ご》ちる。間者が聞いてもそれだけなら何のことかわからないことであるが、目の前で董卓の言葉を待っていた部下にはそれだけで董卓が言いたいことは伝わった。

「はっ。やはり、五か六まで減らしてから操るのが上策でしょう。すでにその準備も終えております」

その上で部下は『計画に支障無し』と胸を張って報告をする。

「そうか。ならしばらくお前は向こうに行くことになるが？」

「それこそ望むところです」

元々長安の生活に興味がなかったのにさらに今回疲れ果てた董卓から長安の政治の煩雑さを語れた部下は『そんな面倒なものに足を引っ張られるくらいなら、向こうで思う存分己の才を駆使してみたい』と思っていた。よって董卓からの提案は部下にとってまさに渡りに船であった。

「けっ。もしも俺たちがまだ洛陽にいたなら何が何でもお前を机に縛り付けて書類仕事をさせていたんだがな。残念ながら今はお前を向こうに送り出す余裕が有るみてぇだ」

「……時期に恵まれましたな」

「否定はしねぇよ」

噂に聞く書類地獄を経験しなくて済んだことに心底ほっとしたような顔をして沁々《しみじみ》と呟く部下に、董卓はお前も地獄に落ちろと怨嗟《えんさ》の感情を向けるも、今の大将軍府にはそれを現出させるだけの書類がないし、なにより彼にはするべきことがある。

「必要なものがあったら準備させるから遠慮なく言え。それとわかっていると思うが予算はいくら使っても構わん……必要なことに使う分にはな」

現在建造中の郿城には既に三〇年、とまでは言わないが、一〇年以上籠城してもまだ余るだけの財があるし、長安にだって十分な資財がある。董卓はその中から大将軍の権限で用意できるものは何でも使っても良いと宣言したのだ。……当然不正を行って利益を貪ろうとした場合は、有無を言わさぬ粛清が待っているのは言うまでもない。

「ありがたいお言葉ですが、しばらくはこの身一つで十分です」

「そうかよ。なら好きにやってこい。報告は何か異常が有ったときだけで構わんぞ」

自分からの言外の脅しをしっかり理解した上で、己の頭をコツコツと叩き『予算を使わない』と宣いニヤリと笑う部下に対し、董卓は同じようにニヤリと笑みを返す。

「はっ！」


董卓から予算もやり方も完全に任された部下は、白紙委任状を前に「軍師冥利に尽きる！」と魂を震わせていた。涼州勢の中でも特に董卓からその智謀を評価され、今も白紙委任状を渡されて特別任務に就くことを許された男。その男の名は賈詡《かく》。

名も金も権力も不要。ただ己が智謀を以て実を成さん。

これより大将軍《最強の武力》・董卓が誇る純粋軍師《最高の知者》が、乱世に向けて動き出す。

「あぁ、出発はもう少し待て。具体的には陛下の喪が明けるまでな」

「……かしこまりました」

彼が動き出すのはもう少し先になりそうであった。

三五　呂布の懊悩

長安。

この度、洛陽から遷都して正式に都となった都市ではあるが、この地は元々高祖劉邦によって漢の都とされた都市でもある。だから長安を知らない者は、ここを歴史ある華やかな都と思っているかもしれない。だけれども、実際の長安は項羽や羌族らに対抗する為に造られた城塞都市であるので、地理的に漢の中心である洛陽と比べてしまえば、とても簡素で、とても無骨な都市である。もしも羅馬《ローマ》や交州の人間が突然鳳《ほう》にでもさらわれ、長安の近くの川べりにでも落とされ、ふと長安を見つけたなら、大きい都市であることを驚くかもしれないが、そんなに驚嘆はしないだろう。長安という都市に憧れを持っているからこそ、この都市を素晴らしいと思うのであって、そのような俗な宣伝を一切知らず、素朴な、純粋な、うつろな心に対し、どれだけ訴えることができるだろうか。

狭い。漢という国の偉大さの割に、狭い。漢という、大陸を統べる国の都として誰もを納得させる為には、この倍近い規模が必要なのではないだろうかと思う。

ただ、南陽方面の峠から見る長安は良かった。開放感というかなんというか、一目見たとき『あそこにはあれ《書類が詰まった部屋》がない』と確信し、そのことが変にくすぐったく感じつい笑い声を上げてしまった。人は、頼もしさを感じるとつい笑ってしまうものらしい。全身の力みが弛むとでも言えば良いのだろうか。戦場で自分が援軍に馳せ参じたときに笑みを浮かべる者たちの気持ちが少しわかった気がした。

だから諸君。諸君が、もし援軍に駆けつけた際、戦場に着いた際に、友軍の兵士が笑い出したら、それは慶祝である。必ず、彼らの非礼をとがめてはならぬ。彼らは、援軍に逢って、援軍のたのもしさを、全身に浴びたが故に笑っているのだ。

それはそれとして。俺こと呂布は、去年の夏頃に生まれて初めて司隷の西端、三輔の地に入ったのだが、これは俺の三十幾年の生涯に於いても初めてのことであった。

元々并州の片田舎に生まれ、并州で育つこと三十余年。主簿という役柄から并州の各地を見て回ったが、結局并州以外の土地について何かを知ることなどなかったのである。

洛陽は都として栄えていた街で、ちょっと気取ったところがある街だった。よく言えば夜になっても明かりが消えない不夜城のような印象があり、悪く言えば昼でも泥水のように澱んだ暗さが見え隠れする街であった。

そんな洛陽を後にして、戦場で戦っていたときは良かった。

洛陽の文官の中には「なぜ戦場に行くんだ？」と目を向けて来た者たちもいたが、もし口に出して問われていたならば、俺は「苦しいからだ」と答えただろう。

正直に言おう。俺は死が間近にある戦場より、死から程遠いはずの、洛陽の大将軍府の中に用意された一室が怖かった。

だからこそ、潁川《えいせん》の陣に董卓から撤退命令が届いたとき、ついつい「……洛陽か？」と尋ねてしまったのだが、牛輔や張遼も似たような気持ちを持っていたはずなので特に問題はないだろう。

洛陽の一室に対する恐怖はともかくとして。撤退先が洛陽ではなく長安であることを確認した俺たちは、即座に撤退を開始し、連合の連中の追撃を受けることなく無事長安にたどり着くことができた。そして遠目に長安を望んだとき『俺たちは自由だ！』と叫んだ。このときはそう思った。しかし、実際はそうはいかなかった。俺たちと同郷である王允とかいう奴が、董卓に頼み込んだ結果、俺たちは長安に常駐することになったからだ。

中から見る長安はくるしい。

元々馬と共に在る自分たちが、一つの都市に常駐すること自体に無理があるのだろう。董卓と共に長安を離れている涼州勢は好きに大地を駆けているというのに、俺たちは勝手に長安から出ることもできず。たまに外に出ることができても、せいぜいが三輔地域の巡回のみ。

洛陽ほどではないが、名家だのなんだのといった文弱どもが幅を利かせ、澱んだ空気が蔓延する長安という都市で、俺たちは今日も新帝陛下に叛意を抱いている名家の討伐を行っていた。これに関して言えば、別に好きで殺っているわけではない。殺れと言われているから殺っているだけだ。そして『どうせ殺るなら楽しく殺るべきだ』と思うからこそ、笑いながら建物を壊すし、殺すべき相手も殺しているだけ。

　王允どもはそんな俺たちを使って名家の人間を脅しているらしい。

　そのくせ裏では「自分が呂布たちの横暴を止めてみせる」と息巻いているとか。

寝ぼけるな。元々貴様が殺れと言ったことだろうが。俺たちを悪者にして自分が名声を得るという手法であることは理解できる。武力を持たない名家連中には効果的な策なのだろうが、不愉快だ。董卓のところから来ている李粛も、俺たちの武力を使いながら俺たちの評判を落とそうと躍起になっている王允の二枚舌には辟易しているようだ。

　しかし、仕事は仕事だ。これを俺たちが拒否して、勝手に離脱なり待機なりをしたらどうなることか。まかり間違って、いつの間にやら無職扱いされた上に、どこぞの外道から『暇そうだな？働くか？』などと声をかけられ、書類が待つ部屋に連行されては堪《たま》ったものではない。だから今日も俺たちは王允に指定された『皇帝陛下に逆らう名家』を襲撃し。

　彼らに悲鳴を上げさせる。

　あぁ、やはり長安には名家の悲鳴がよく似合う……俺が彼女に出会ったのはそんなことを考えながら、日々の職務に当たっていた時のことだった。

「お帰りなさいませ。呂布様」

「うむ」

俺が今日の仕事を終え長安に用意された自宅に帰ると、そこには本来董卓の傍に侍るべき女性が待っていた。彼女の姓は任、名は紅昌。字《あざな》は貂蟬《ちょうせん》と言い、齢《よわい》は一六で、王允の養女なのだとか。その外見は決して見目麗しいと言えるほど美しいわけではないが、とても素直で健康的な、なんというか傍にいて癒される女子であった。この董卓の侍女である紅昌が俺の自宅に居るのは、偏《ひとえ》に王允からの計らいであった。

元々俺は妻帯者である。妻も娘も生まれや育ちが良いわけでもなかったので、自分でできることは自分でやっていた。そのため長安に居を構えた際も侍女などを迎え入れる心算はなかった。しかしあるとき、王允から唐突に『今の貴殿は大将軍の養子なのだから、それなりに体裁を整える必要がある』と言われたため、渋々人を雇うこととなったのだ。

しかし、いざ人を雇い入れるとなるとその人選が大変だ。なにせ俺は董卓の養子であるし、今では董卓麾下の并州勢を取りまとめると共に、名家などから逆恨みを受けている立場でもある。つまるところ俺が人を雇い入れる場合は、情報の漏洩だけでなく己や妻子の暗殺も警戒する必要があるのだ。しかし、長安に伝手など無い俺には身の回りを任せるに足る人材に宛などなかった。そこで王允から紹介されたのが彼女であった。

元々紅昌は王允が董卓との繋ぎを付ける為に用意された侍女なので、本来の職場は俺の家ではなく大将軍府になる。しかし、その職場である大将軍府には普段彼女が世話をすべき対象である董卓がおらず、王允としてもどうして良いか困っていたらしい。

そこで王允が目をつけたのが、董卓の養子である俺だった。確かに董卓本人がいない以上、正式な養子である俺の世話をするのは道義的には間違っていないように思えた。

あくまで当初は、だが。

今では、いきなり俺に侍女の必要性を説いてきた王允の狙いが、彼女を俺に預けようとしていたのだということは流石に理解できている。王允としては、董卓に自分の養女を差し出したにも拘わらず無視に近い扱いをうけたことで、自身が董卓に軽んじられたと思っているのかもしれない。だが無駄に気位が高いせいか、その事実を認めたくなかったのか、自分が納得できる彼女の使い道を探した。その結果、董卓の養子である俺に行き着いたのだろう。

彼女は彼女で自分の扱いの軽さに思うところもあるとは思う。

しかし俺とて男だ。若い女子が嫌いなわけでもない。

それに今年一〇歳になる娘のこともある。俺は歳の近い彼女には、娘の話し相手になってやって欲しいという思いもあったし、それ以外にも娘に対してそれなりの家の娘として、どこに出しても恥ずかしくないような教養を授けて欲しいと思っていたのだ。

だから、董卓が長安にいない時の紅昌は俺の自宅で娘や妻の世話をしてくれている。これにより王允は面目を潰すことなく俺や董卓との繋ぎを付けることができているし、彼女も女としての自尊心を傷付けずに済む上に、俺も妻や娘に寂しい思いをさせずに済む。

誰もが得をしているから良いことだ。

俺はそう思っていた……この時までは。

「……実は呂布様にご報告すべきことがあります」

「どうした?」

普段は明るく振舞う紅昌が、今日は珍しく暗い表情をして話しかけてくる。

「暫くはこちらに来られなくなりそうなのです」

「……何故?」

泣きそうな顔をする紅昌をみれば、それが彼女の意思とは関係ないことは明白である。しかし、自分の妾であり、娘の教育を任せている彼女に何かしらの無理を強いることができる者などそうそう居ない。そんなことができるのは彼女の養父である王允か、もしくは……。

「養父より、しばらくは董卓様の下へ行けと」

「……そうか」

元々紅昌は董卓の為に用意された侍女。王允としても一度董卓に差し出した養女を勝手に引き揚げたりすれば董卓との間に要らぬ不和を招くと判断していることもあって、今も大将軍府に籍を置いている。普段は董卓が長安に居ないからこそこうして俺の下に来ることもできるが、今は董卓が新年の挨拶を受けるために長安に滞在している。ならば本来の職務に当たらなければならない。そ

ういうことなのだろう。

彼女は自分の職務に戻るだけ。そして俺としても養父である董卓の顔を潰す気はない。ならば紅昌は侍女として董卓の傍に侍るべきだ。と言いたいのだろう。その理屈はわかる。

しかし、しかしだ。

侍女がする『世話』の中には、当然夜の世話も含まれる。そのため、もし董卓が紅昌に興味がなくとも、手を出さねば王允への不義理となるのだ。

つまり紅昌はこれから数日の間、董卓に……。

そう思うと、俺は思わず紅昌を抱きしめていた。

「呂布様……」

「あぁ、わかっている。皆まで言うな」

泣きながら俺の胸に縋り付く紅昌を見れば、彼女が何を言いたいのかなど聞かずともわかる。大丈夫だ。王允らが流している悪評もあって、世間では董卓のことを血も涙も心もない暴君のように語られているが、実際の董卓は本当に血も涙も、それどころか人間としての心さえ持っていない弘農の外道とは違う。彼には俺を始めとした家臣の声を聞く度量があるし、娘や孫娘に甘いところもあるれっきとした人間だ。だから、話せばわかってくれるはず。

この日、俺は紅昌が董卓の世話を始める前に董卓と話をしようと決意したのだ。

――この時呂布は、己の腕に抱かれて涙を流す娘の影に、自分たちを嵌めようとしている老人がいることを理解できていなかった。彼がそれに気付くのは、もう少し後になってからのことである。

長安・大将軍府

この日、董卓は特命を与えられた賈詡や、南陽から帰還していた牛輔を交えて自分たちが今後どう動くべきかを協議していた。

「結局のところ問題になるのは弘農の動きなんだが、賈詡よ。お前には向こうの狙いが読めるか？」

今後のこととは言っても、なにも大陸全土の動きではない。現在のところ董卓を含めた各地の諸侯にとって最大の関心事は弘農にて喪に服している劉弁の動きだ。今は喪に服しているために沈黙している劉弁であるが、国家の最高権力者である皇帝であることに違いはない。故に喪が明けた際に彼がどのように動くかによって天下の動きも変わるのだから、関心を抱くなという方が無理だろう。

「流石に情報が足りなすぎて予想すらできません。むしろ下手に予想するよりもご本人様に直接聞いたほうが良いかと思いますが？」

「……そりゃそうなんだけどよ。牛輔、お前『今後の予定教えてください』って聞きに行けるか？」

「いや、大将。それは勘弁してくれ」

賈詡の言葉を受けて董卓がチラリと牛輔を見れば、彼は全力で顔と手を横に振っていた。

彼のように『予想できないことは予想できない』とあっさりと見切りを付けるのは、軍師としては正しいのだろう。だからといってこれから弘農へ行き彼らの今後の予定を聞いてくるというのは厳しいものがある。それを理解している董卓は思わず顔を顰《しか》めてしまう。

本来であれば漢帝国の軍事の全権を握る大将軍である董卓が、弘農との連絡を密にして、皇帝陛下の喪が明けた際に皇帝陛下の意に従って動く為に万全の準備を整えようとするのは当然のことだ。自分たちで勝手に向こうの動きを予想して、その予想を外した結果、皇帝陛下に弓引くことになっては目も当てられないのだから。

だがここで問題がいくつかあった。その最たるものが、皇帝である劉弁が喪に服している最中であり、彼の代わりに弟の劉協がその全権代理人として丞相の任に就いていることだ。儒教的な価値観の中には、喪中は公務を行ってはならないというものがある。そして皇帝に対し大将軍が使者を出してしまえば、それは立派な公務となってしまう。つまりこれは『ただでさえ天災やら何やらが発生した際、その理由を「皇帝に徳が無いからだ」などと臆面もなくほざく連中がいる中で、わざわざ連中に付け入る隙を与えることをよしとするか否か』という問題になる。

また、丞相である劉協の頭越しに物事を進めることで、彼を軽んずることになるのも頂けない。だからと言って劉協を交えてしまえば、それはそれで問題がある。なにせ彼のそばには補佐役として王允や楊彪が居るのだ。

もしも彼らに何かしらの情報が渡れば、袁術を始めとした関係者に情報が漏洩するのはほぼ確実である。そうなれば、ただでさえ『謀《はかりごと》は密を持って成す』を体現したような存在であるどこぞの外道がどう動くだろうか。

董卓はそれが怖かった。

戦になるなら良い。正面からぶつかれば負けることはない……と思いたい。

しかし彼の人物の本質は腹黒な策士である。正面からの戦ではなく搦手を得意とする外道なのだ。そんな外道が自分を殺すためにどのような手段を使うかなど、純粋な将師である董卓には想像すらできないし、純粋な軍師である賈詡にだって読み切ることは不可能であった。想像できないということは防げないということと同義でもある。

普通に考えれば彼が取る手段は、董卓個人の暗殺や部下の家族を人質に取って部下を寝返らせたり、羌族や匈奴の連中を脅迫して尖兵《せんぺい》として使うことなどになるだろう。まさか孫の董白を利用するような下衆ではないと思いたいが、それだって董卓の希望的観測でしかない。それでも戦になるなら良いのだ。自分も部下たちもそれなりに覚悟を決めることができるから。だが、たとえば向こうに寝返った部下たちに寝ているところをいきなり拉致され、どこぞの部屋に監禁されて強制的に隠居させせられた後に書類仕事をさせせられる……などといった場合はどうなるだろうか？　自分に従う部下たちは自分を助けてくれるだろうか？

董卓はその際に部下たちがどのように動くかを考えたが、その答えは瞬時に出た。

（こいつらは絶対に助けに来ねぇ。むしろ「どうぞどうぞ」と言わんばかりに差し出される）

いくら考えても董卓にとって絶望の未来しか思い浮かばなかった。

もちろんその書類仕事は誰かがやらなければいけない仕事だ。

董卓とて書類仕事の重要性は理解している。しかし、だ。いくら必要なこととは言っても、誰だって毎日毎日朝から晩まで書類仕事などしたくはない（軍略家である賈詡も、経理に関する書類などやりたいとは思っていない）。

それに加え董卓には自身の部下の中に、彼を前にして『助ける？　董閣下を？　ならば閣下の代わりにこの仕事をやるか？』と言われて『あぁ！　俺がやる！　だから大将を解放してくれ！』と名乗り出てくれるような存在に心当たりはない。

つまり彼《か》の者に『敵』と認定されたら最後、董卓は無限に発生する書簡と、それに書かれている文字や数字によって生み出される頭痛・腹痛・腰痛・肩こり・目の疲れ等々と、一人で闘う羽目になるのだ。自分を助けに来ない部下たちを薄情とは言えないだろう。なにせ董卓とて、誰かを差し出せば許してもらえるというなら、迷わず生贄《いけにえ》を差し出すのだから。

仕事を譲り合う心温まる主従関係はともかくとして。彼らの会話は続く。

「ではお嬢様や李傕らに調査させ「あぁん？」……駄目ですか」

「当たり前だ！」

献策の途中で董卓から発せられる本気の殺意を受けた賈詡は『弘農にいる人間に聞けばいいじゃ

ないか』という、至極当たり前な提案を取り下げた。

董卓からすれば、可愛い孫娘に腹黒の腹の中を探るような真似をさせるなどありえないことなのだ。元々政治の澱みに関わって欲しくないというのに、よりにもよってその澱みの中心点に向かわせるなど正気の沙汰ではない。

このとき、董卓が思ったことを言語化するならば「てめぇ俺だけじゃなく孫娘まで地獄に落とす気か？」と言ったところだろうか。

そして彼女の護衛であり、弘農の腹黒に対して『好きに使ってくれ』という意味で送り込んだ李傕と郭汜はもっとだめだ。彼らは典型的な涼州の武人であり、政治や謀略に関して期待できるような人材ではない。そんな裏がない連中だからこそ喪中の皇帝陛下の傍に居られるというのに、下手に下心を持ったら排除されるのが目に見えているではないか。

そしてその際に責任を負わせられるのは、当然彼らの雇い主である董卓であり、向こうで彼らをこき使っている董白《可愛い可愛い孫娘》である。そういった意味合いを考えれば、董白のお付きとして派遣した王異も動かすわけにはいかないだろう。

「やっぱり牛輔か徐栄を送るしか……」

「いや、だから俺らも駄目でしょう？」

「そうですな。流石に喪に服している最中の陛下の下に牛輔将軍や徐栄将軍を送るわけにはまいりませんぞ」

それくらいなら、南陽を任せている牛輔なりその配下である徐栄なりを派遣して、南陽と弘農の防衛に関する話にかこつけて正面から話を聞きにいかせたほうがまだマシだ。そう考える董卓だが、先述した理由から弘農に対して正式に使者を送ることはできないと反論されてしまう。そもそも弘農の防衛＝皇帝の守護である。よってこれに関する事柄は光禄勲の職務となる以上、大将軍である董卓でさえも南陽の防衛と弘農の防衛を結びつけることはできないのだ。いや、無理をすればできなくもないのだが、無理をした結果が藪《やぶ》をつついて外道を出すことにしかならないのは目に見えているので、流石に賈詡も危険を感じそれを止めに入った。

「まずは話を整理しましょう」

「……あぁ」

このまま考えても埒《らち》があかないと考えた賈詡は、一度空気を入れ替えるために問題を箇条書きにしていく。

「まず我々がすべきことは『王允や楊彪に情報が漏れないようにした上で弘農の思惑を探ること』です」

「そうだな」

董卓が頷く。

「また『その際には丞相殿下の顔を潰してはならない』という条件が付きますな」

「それもそうだ」

劉弁と劉協が帝位を争っているならまだしも、現在二人は協力しあっているので、劉協を軽んずるような真似をすれば劉弁はいい顔をしないことは確かであった。

「そして我々は弘農の太傅殿に直接使者を出すことはできません。なぜならそれは陛下を軽んずることになるからです」

「そうなんだよなぁ」

太傅であり、録尚書事でもある彼は、公的な態度としてはあくまで自身を皇帝陛下の教育係であり取次役であると定義し、徹底してその姿勢を貫いていた。よって諸侯が彼個人に用があると言って使者を送っても、彼は『陛下が喪中であり、公務を行える立場に無い以上自分にできることはない』と言って、将作（宮殿の設営）に関する事項や、弘農丞としての仕事以外での面会は全て断っているのだ。

現状で一番最高権力者に近い存在であるはずの彼が、自分から他者との接触を断つような態度を取っていることが王允や楊彪らが大きな顔をすることにつながるのだが……今はそれについての是非はさておくとしよう。

どこまで行っても問題は、この態度を以て清流派を自称する連中に『清廉潔白な人間である』と評されているどこぞの外道の思惑であるのだが、しかしそれは予想できないと最初に言った通り。

「また、我々には彼がどう動くか予想することも難しい」

「それは俺らに限った話じゃねぇけどな」

「まったくです」

牛輔もしみじみと頷くが、当たり前に自分たちとは違う道を歩む腹黒の狙いを予測するなど普通の人間には不可能なことである。

「結論としては、現状では動きようがありません」

「「……」」

それが結論かよ！　と言いたいところであるが、悲しいことにこれが現実だ。

だが、動きようがないから諦めるというわけにもいかない。なにせ皇帝陛下の教育係である以前に、腹黒で外道である彼がこの混乱した局面に於いて何も手を打たないなどありえないからだ。その行動に出遅れるならまだ良いが、意図せずに敵対することになっては目も当てられない。この共通認識があるからこそ、何をさておいても弘農で彼が何をしているかを調べる必要があるというのに、現状ではその手段が思い浮かばず、頭を抱えることになっている。

（ここで手詰まりか）

「しかし……」

「しかし？　なんだ」

状況の打開策がないことに焦燥感を抱きつつあった董卓だが、賈詡にはなにやら腹案がある様子だったので、一縷《いちる》の望みをかけて先を促す。

「あくまで『現状では』打てる手がないだけです。おそらくですが、時が来れば向こうから指示が来るでしょう。必要なことを必要なだけさせるのが太傅殿という御仁ですからな」

「……確かにそうだがよ」

賈詡としては「後手に回ることになるが、別に弘農に逆らう気が無いならそれでも良いじゃないか」と言いたいのだろう。確かにそれはそうだ。備えておくに越したことはないが、あの腹黒は腹黒であるが故に段取りを重視する人間であることを董卓も知っている。

故に「必要な時に必要な指示が来るだろう」という、賈詡の意見もわかる。わかるのだが。

「それまで下手に動けねぇってのがなぁ」

董卓としては、明確な指示があればそれが一番良いのだがそれ以上に弘農にとって何が良いことで何が悪いことなのか？　ということを明確にできるような指標が欲しいのだ。

（なんとかして穏便に弘農と繋ぎを付ける方法が無いものか？）

日頃の行いが良かったのだろうか？　悩んでいた董卓の下に、一つの契機が訪れる。

「大将、今いいか？」

「あん？　あぁ李粛か。どうした？」

大事な事案を協議中ではあるが、元々李粛は董卓に代わって長安の書類仕事を行っているほどの重鎮であるので、見張りの兵も特に止めることはなかったのだろう。それに董卓は董卓で、関われば面倒事が確定している内容を協議していると知っておきながら、わざわざその中に入ってきた李粛が何をしに来たのか？　ということに興味を抱いていた。

「なんか呂布が大将と話がしたいんだとよ」

「呂布が？　新年の挨拶は受けたが、そのときは何も言ってなかったよな？」

「だな。んで、とりあえず今は協議中だって話したんだけど『終わるまで待つ！』って言われてよぉ」

「ほぉ？」


長安で面倒事をさせているという自覚が有る董卓は、呂布に対してきちんと金や宝物を渡した後で「何か欲しいものがあったら遠慮なく言え」と伝えていた。その時呂布は「今のところはありません」と答えていたのだが、何か欲しいものができたのだろうか。

「細けぇことは聞いてねぇんだな？」

「直接大将に話したいっていわれたからな」

ある意味では取次の存在を無視した無礼な形となるのだが、元々呂布は正式な董卓の養子である。そのため李粛としても彼を特別扱いすることに異論はなかったし、なにより幼少のころから呂布のことを知る李粛は、こういう時の彼を下手に扱うと面倒になることを知っていたので、面倒事を未然に防ぐ意味も込めてこうして自分が董卓に確認をしに来たのだ。

「ふむ。わかった。とりあえず話を聴こうか。ここに連れてこい」

「お？　良いのか？」

「構わん。ただし、牛輔と賈詡にも話を聞かせるってことを伝えろ」

「あいよ。そんじゃさっそく連れて来るぜ」

そう言って走り去る李粛を見送る三人。董卓はともかく牛輔や賈詡は巻き込まれた形になるが、両者としても呂布の急用も気になるし、なにより一度考えを切り替える為にも呂布の来訪は悪くはないと考えていた。

この時の彼らは、呂布が持ってきた話が、自分たちが散々悩んでいた事案の解決策に繋がることになるなどとは露ほども思っていなかった。

三六　呂布の嫁取り

直線となった通路を歩き、いよいよ董卓らが協議をしているという一室に近づいたと思う頃。外ではちらほらと雪が降り始めて、その白さは勢いを増しつつ有り足早に長安を包もうとしていた。

俺としても多少の寒さを感じはするが、今はそれを我慢して将軍としての正装をしつつ外套《がいとう》を肩に掛けて、董卓との会談に臨もうとしていた。そんな俺を見て何かを感じ取ったのか、取次を行った李粛が「そんな恰好で大丈夫か？」と心配をしてくれたが、俺は「大丈夫だ、問題ない」と応え、李粛との会話を終えることにした。

本音を言えば、恰好はともかくとして李粛に話を通して俺の望みを叶える為に協力してもらいたいという思いは有る。しかし李粛は董卓の配下だし、下手にこちらの事情を聞かせてしまえば、俺と董卓の間に挟まれて苦悩するかもしれない。

もしも今こいつに倒れられたりしたら、董卓が郿に帰還したあとに残るであろう書類仕事や、王允との折衝を誰が担当するというのか？

その懸念もあったので、俺は李粛を巻き込むことを躊躇してしまったのだ。

だいたい今日こうして董卓の下を訪れたのは、完全に俺の私事なのだ。ならば俺は俺の言葉で以て董卓と語らねばならない。

「おう、ここだ」

「……そうか」

俺は紅昌の為、不退転の決意を固めて、董卓らが待つ一室へと入るのだった。

〜〜〜〜〜〜〜〜〜〜〜〜〜〜〜〜〜〜〜〜〜〜〜〜〜〜〜〜〜〜〜〜〜〜

「協議中のところ申し訳ない」

「いや、李粛にも言ったが気にしなくて良いぞ」

「そう言って貰えると有難い」

「「……」」

(呂布の野郎。妙に覚悟を決めた顔つきで来たが、一体なんだってんだ？　一緒に長安に居た李粛は心当たりがねぇのか、かなり胡乱《うろん》な者を見るような顔で呂布を見ているし。牛輔も賈詡も警戒しているじゃねぇか)

これまでにないほど真剣な顔つきで謝る呂布に対し『どうせ「褒美か休みが欲しい」って感じだろ』と判断し、先が見えない協議にうんざりしていたところでもあったので、呂布の来訪を『ちょうど良い気持ちの切り替えになる』程度にしか考えていなかった董卓は、表面上はなんともない表情を作りつつも内心では『失敗したか？』と軽く後悔していた。

　だがここまできて話を聞かないという選択肢はない。

「で、早速だが話を聞こうじゃねぇか。……何があった？」

　最初は呂布の来訪を笑顔で迎えた董卓だったが、呂布の顔つきから余程の事が発生したのだと判断し、真剣な表情で問いかける。しかしその内容は董卓らが想像するよりも軽いものであった。

「はっ！　実は一人側室として迎え入れたい者がおりまして、その許可を頂きたく」

「「「はぁ？」」」

　これまで国家の大計《自勢力の興亡》を真剣に論議していた董卓ら三人と、協議の内容を知っていながら取次をした李粛は、呂布の言葉を聞いて揃って声を上げてしまう。

（これだけ真剣な表情で何を、いや、ある意味では真剣な表情をするべき内容なんだろうけどよお）

　董卓とて、男として側室を娶《めと》るということがどういう意味を持つかは当然理解している。さらに今の呂布は董卓の養子なのだから、その相手も自由には決められない。だから許可を取りに来た。そういう流れなのだろうとは理解した。それを理解した董卓は一瞬気を緩めかけるが、呂布が異様に緊張しているのを見て、気を引き締める。

　警戒する理由は一つ、呂布が覚悟を決めて話をしてくる相手に心当たりがない、否。心当たりが

一人しかいなかったからだ。

（まさかこいつ、白《はく》を欲しいとか言い出すんじゃねぇだろうな）

そう。董卓は最愛の孫娘と結婚したいと言われることを警戒していたのだ。

もし何の心構えもしていないところにそんな提案をされたら、たとえ提案してきたのが己より強い呂布であっても、殴り殺す為に飛び出すだろう。

男には、祖父には、相手が誰であれ負けられない戦いというものがあるのだ。

（だがいつまでも独り身ってわけにもいかねぇんだよなぁ）

董卓にとって董白は文字通り目に入れても痛くない程に可愛い孫娘ではあるが、彼女もそろそろ結婚を考えねばならぬ年頃であることは確かである。

そこでもしも『養子とした呂布と実際に血縁関係を結ぶ必要が有る』などと言われてしまえば、董卓とて反論は難しい。

（だが呂布。おめーは駄目だ）

しかし董卓は、今回は何があってもそのような提案を飲むつもりは無かった。

何故か？　呂布はこう言ったからだ。『側室にしたい相手がいる』と。

正室としてならまだ考えなくもないが、どこの世界に「大将軍の孫娘を側室に取りたい」などと抜かす男に、孫娘を差し出す大将軍が居るというのか？

それに現在の董白は、皇后である唐后の側仕えとして弘農にて確固たる居場所を築き上げている最中だ。新年の挨拶には来られなかったが、向こうから送られて来た書簡には『同年代の唐后や蔡邕の娘である蔡琰とも仲良くやっており、今は楽しく暮らしている』と書かれており、今まで同年代の友人と呼べる者が居なかった（王異は付き人なので友人ではない）孫娘が楽しく暮らしているということに目を細めていたのだ。

そんなところに『呂布の側室になる為に長安にこい』などと言ったらどうなるだろうか？　抵抗するだろうか？　「嫌だ！」と「お爺様なんか大っ嫌い！」と言われるだろう。

（駄目だ駄目だ駄目だ）

想像しただけで、董卓は己の中のナニカが冷たくなっていくことを自覚する。だが、董卓にとっての最悪は、自分が嫌われることではない。

（もし強制したら……）

最悪なのは、董白が我慢して全てを受け入れ、その心を壊してしまうことだ。天真爛漫な笑顔が消え、ただただ側室として務めを果たそうとする孫娘の姿など、董卓は想像もしたくなかった。故に、祖父としても、家長としても、当然大将軍としても呂布の提案を受け入れることはできない。

そう考え、呂布に「あきらめろ」と伝えようとしたときのことであった。

「それで呂布よぉ、その相手ってのは誰なんだ？」

「む？」

「あ、あぁ」

隣に座る董卓が徐々に殺気を高めているのを肌で感じ取った牛輔が、想像しうる最悪の状況を回避するために動いた。

（そうか、そうだよな。まだ白と決まったわけじゃねぇ。つーか呂布だって俺の孫娘を側室に望むような阿呆じゃねぇよな）

そこでようやく董卓も、自身が勝手に呂布の望む相手を董白だと決めつけていたことを思い返し、一旦その考えを振り払うことにした。この董卓の先走りとも言える思考は、第三者からすれば孫娘を溺愛する董卓の考えすぎだと笑い飛ばせることなのだが、呂布が緊張していることや、養子縁組を強固にするという意味ではあながち間違った行為でもないので、可能性が全く無いとは言い切れないのが怖いところである。

色々と抱えて情緒が不安定になりつつある祖父の想いはともかくとして。

（そ、そうだった）

董卓から放たれる殺気を感じ取り『紅昌の為には決別も辞さぬ！』と覚悟を決めかけていた呂布も、牛輔から助け船を出されたことで、自分が相手の名を告げていないことと、董卓がその相手を溺愛する孫娘であると勘違いしている可能性に気付くことができた。

呂布という男は、冷静になればそれなりに賢い男なのだ。

「はっ。その娘は王允が養女にして大将軍府に侍女として送られて来た娘で、任紅昌と申す者です！」

「『……誰だ？』」

「……はて？」

覚悟を決めた呂布が告げて来た名を聞いた董卓と牛輔は揃って首を傾げ、賈詡は顎に手を当てて自身の記憶の中に居る人物を探す。しかし普段郿に居る董卓は勿論のこと、南陽に派遣されている牛輔や、西涼で動いていた賈詡も大将軍府で働く侍女の名前など覚えてはいなかった。

「あぁ、あいつか」

そんな中、一人の男が声を上げる。

「『『知っているのか李粛!?』』」

この場にいた皆を驚かせた男の名は李粛。

董卓に代わって長安の事務仕事を任された漢《おとこ》にして、荒くれ者が集う董卓軍の中でも一、二を争うほどに書類仕事に長けた漢である（ちなみに彼と一位を争うのは張済《ちょうさい》。賈詡は政治の沼に関わることを嫌い、そっち方面の仕事から逃げているのでランク外）。

高いのか低いのか良く分からない評価はさておき、李粛は一度頷き、紅昌に関する情報を董卓らに伝える。

「ええ。そいつは呂布が言うように王允の養女で、元々大将の世話をする為に送り込まれて来たんですがね？　普段長安に大将が居ないってんで、大将の養子である呂布の面倒を見ているんでさぁ」

「ほぉ」

いきなりそんな話を聞かされた董卓としては「ほぉ」としか言えない。反対に、李粛の横に立つ呂布としては紅昌をモノのように言われて気分を害するものの、変に興味を持たれるよりはマシだと我慢することにしたようで、その説明に対して何かを付け加えることは無かった。

「つまりあれか？　これは大将軍である俺の養子である呂布が、司徒である王允の養女を側室にしたいってことになるのか？」

「……そうです」

「なるほどなぁ」

董卓としては相手が孫娘でないことに安堵し「勝手にしろ」と言いたいところではあったが、言葉にすれば呂布が緊張する理由もわかったので、少し考えることにした。

「賈詡。この場合、俺に損は有ると思うか？」

「そうですな。司徒殿は殿の面倒を見させるために養女を送り込んで来た筈《はず》です。それに一切手を出さずに呂布将軍に下げ渡すのは、司徒殿の顔を潰す行為となるやもしれません」

「それはっ！」

「まぁ待たれよ。将軍」

このままでは自分たちにとって最悪の決断がされてしまう！　そう思った呂布が思わず声を上げるが、賈詡は冷静に呂布を諭そうとする。

「将軍の気持ちも分かります。ですが養父である王允殿の顔を潰しては、養女たるその、任と言いましたか？　彼女も心苦しい思いをするのではありませんか？」

「……そうかもしれません。ですが！」

紅昌の立場を考えればそれも間違いではない。今後の事を考えれば王允の顔を潰すのはよろしくないのも分かる。だが、自分の愛した女が他の男に組み敷かれて喜ぶ男など……居ないとは限らないが、少なくとも呂布にはそのような性癖は無い。

「ん？　そんなら一度そいつに大将の世話をさせりゃ良いだけだろ？」

「牛輔殿!?」

特殊な性癖をもたない呂布は何とか話の方向性を変えようとするのだが、そこで牛輔までもが賛同するかのような声を上げてくる。これは拙い。そう思っていたのだが、それは呂布の早とちりであった。

「落ち着けよ。大将が一度世話をさせたってことにすりゃ良いんだって。実際に夜以外の世話をすりゃ問題はねぇんだしよ」

「え？」

「あぁ、そうなるのか？」

「そうなりますな」

牛輔の意見を聞き、呆《ほう》けた声を上げる呂布と、納得する董卓。そして賈詡もその意見に賛同した。

つまり、実際に夜の相手をする必要はない。ただ『ちゃんと世話をした』ということにすれば良い。それだけの話であった。

董卓としては、わざわざそんな口裏合わせをすることに多少の面倒があるだけで、それを呂布への褒美と考えれば悪いことではない。呂布は侍女を下げ渡されたという形にはなるものの、実際彼女が董卓に何かをされたわけではないので彼の要望は叶っていることになる。

王允としては、そもそも董卓への献上品なのでそれをどう扱おうと文句を言えた立場ではない。それも一度味わった後に「俺の口には合わなかった」と言われたなら、尚更である。

つまり、ここに居る全員が口裏を合わせればそれだけで問題は解決するのだ。

そして董卓も牛輔も賈詡も李粛もその程度のことに対して異存はない。

それらを理解した呂布が「自身の望みが叶った」と、肩の力を抜きかけたその時、突然董卓が声を上げる。

「あ！」

（何だ？　まだ何かあるのか？）

警戒する呂布に対し、満面の笑みを浮かべた董卓がこう告げた。

「なぁ？　流石に大将軍の養子と司徒の養女が婚姻して、俺らが姻戚関係になるってんなら……皇帝陛下の許可が必要だと思わねぇか？」

「「……確かに！」」

「は？　え？」

　董卓の笑顔の意味を理解した牛輔・賈詡・李粛がその意見に即座に同意する中、これまで彼らが協議していた内容を知らない呂布は「どういうこと？」と首を傾げるのであった。

三七　弘農会議

初平三年（西暦一九二年）一月下旬　弘農郡弘農・宮城

「へぇ。ふ～ん。それで、叔父様は私たちにどうしろって？」

最初は董卓からの使者が来たということで機嫌が良かった董白であったが、牛輔が持って来た話を聞いて思わずそう呟いていた。

「いや、どうしろって言われてもな。とりあえずお嬢には陛下に取り次いで欲しいんだが」

「それは無理よ」

牛輔としても元々董白に何かをして欲しくてきたわけではないので、とりあえず彼女にして欲しいことを直接的に頼んでみたのだが……その答えは否であった。その理由は宮廷の力関係だとか、彼女の立場云々以前の問題である。

「叔父様だって喪に服している最中の陛下に、慶事をお伝えするのが無理だってのは分かっているでしょ？」

「そりゃそーだわな」

姪である董白がいうように、後漢の常識的に考えて現在劉弁と面会するのは不可能なのだ。

故に牛輔としても本当に劉弁に会えるとは思っていない。

「そんじゃ太傅様には会えるか？」

しかし劉弁が喪中だからといって、ここで董卓からの使者である牛輔を門前払いなどしたら色々問題になるのは明らかである。なので、向こうから妥協してもらった形で董卓陣営にとっての本命。即ち皇帝の代理人との会合に話を持っていきたいというのが彼の狙いであった。

「太傅様に？　……あぁ、そういうことか。それならとりあえず無表情に言えば良いと思うけど」

「無表情？」

「そうよ！　あの無表情！　私の顔を見るたびに無職無職ってうるさいのよっ！」

何かを思い出したのか、愚痴と共に地団駄を踏み出す董白を見た牛輔は、とりあえず彼女の口からこぼれた『無表情』については聞かなかったことにして、話を前に進めようとする。

「あ～。お嬢？」

「なによっ！」

「とりあえず取次頼まぁ。向こうだってさっさと俺からの用件は確認しなきゃ拙いだろ？」

董白の中ではどうでも良いことでも、今の牛輔は大将軍である董卓から正式に派遣されてきた使者だ。喪中の陛下への取次が出来ないというのであれば、その代理人に面会を求めるのは当然のことである。

そのため向こうも自分との面会の為に時間を取っているはずなので、あまり待たせるのも良くないんじゃないか？　と念を押せば、董卓にすら噛みつく董白も太傅様を待たせるのは良くないと判断したのだろう。

「……そうね。話を通してくるからちょっとまっててね」

「はいよ」

先程まで「うがー！」と叫び声が聞こえそうなほどに荒れていた董白であったが、牛輔の口から出た『太傅様』という一言を耳にした途端、急に大人しくなったと思ったら、すぐに部屋から出ていったではないか。

「お嬢があそこまで大人しくなるのか。……凄ぇな」

そんな董白を見て、昔から彼女のじゃじゃ馬っぷりを良く知る牛輔は、名前だけで彼女を黙らせる太傅殿に対して畏敬の念を新たにしたとかしなかったとか。


〰〰〰〰〰〰〰〰〰〰〰〰〰〰〰〰〰〰〰〰〰〰〰〰〰〰〰〰〰〰〰〰〰

それから少しして。会議室に通された牛輔を待って居たのは、巷で色々と噂になっている太傅と数人の子供たちであった。

その面子を細かく言えば、太傅の弟子で皇帝の側近である司馬懿と徐庶。それから話を取り次いだ董白とその侍女である王異。次に皇帝の正妻である唐后とその教育係である蔡琰。最後に太傅本人と【謎】と書かれた仮面をつけた少年である。

（いや、まぁ、本人がいいならいい、のか？）

さすがに牛輔も仮面の少年の素性に見当が付くものの、そこにツッコミを入れるような真似はしなかった。謎の仮面の正体はともかくとして。とりあえずの話題は牛輔が持ってきた呂布の嫁取りについてだ。

「……という状況です」

牛輔としても、場にお子様が多いのが気にならないと言えば嘘になる。しかし、本来話を聞かせるべき相手である太傅が目の前にいるので、彼はその他の観客については特に気にしないようにして報告を行った。

「なるほど」

そんな牛輔から話を聞いた李儒は、内心で（名前は違うが貂蝉だな。この状況で美女連環計とは、何を考えている？）と思いつつも無関心を装い、とりあえず弟子たちを育てる教材にしようとした。

「弟子よ、これをどう思う？」

「ふむ。面倒といえば面倒。しかし簡単といえば簡単に済む話ですな」

「そうだな。よく見た」

「はっ」

状況的には司馬懿が言ったように、受け取る側の意識によって、問題は大きくもなるし小さくもなる。これはそういうケースであった。

「えっと、それじゃ俺たちはどうすれば？」

しかしここで師弟が一言二言話しただけで話が終わってしまった為に、完全に置き去りにされた形になった牛輔が思わず声を上げる。

「ん？　あぁそうか。では他の者にも聞いてみよう。誰か意見はあるか？」

弘農が取るべき方針は先ほどの一言で決まったが「これでは他の者の教育にならん」と考えた李儒は、まずは意見を聞いてみることにした。

「はいはいはーい！」

「では董白」

そして李儒の問いに対して真っ先に手を挙げたのは、前もって牛輔から話を聞いていた為に他の者たちよりも考える時間があった董白であった。

「はい！　所詮は何処《どこ》の馬の骨ともわからない奴なんだから、呂布の叔父様が勝手にすれば良いと思います！」

「「えぇぇぇ」」

あまりと言えばあまりな言いように、謎の仮面少年と徐庶が思わず声を上げる。

しかしそう思ったのは彼らだけであった。

「流石はお嬢様です！」

「出自が全てとは申しませんが、今回は董白様のおっしゃる通りかと」

「うーん。唐もそう思うかな？」

「「えぇぇぇぇぇ？」」

まさかの女性陣全員が董白の意見に賛同するという事態に、二人は『女って怖い』と思ったのだが、それは彼らの勘違いだ。

「へい……謎の少年殿。徐庶。多少投げやりな感じはありますが、董白殿の意見はなんら間違ってはおりません」

「「えぇぇぇ？」」

徐庶にとっては仕えるべき主であり、謎の少年にとっては最も信頼する腹心の司馬懿が董白の意見に賛同したことに、二人はこれまで以上の大きさで驚きの声を上げる。

「いや、徐庶が知らないのはともかく、謎の少年殿には無関係な話ではありませんよ？」

「え、そうなの？」

「はい。ある意味では名家の常識ですからね」

「「名家の常識？」」

王允の養女を馬の骨扱いするのが名家の常識なのか？　と二人は揃って首を傾げるも、問題はまさしくそこである。

「ええ。ここで問題になるのは養子と養女の違い。でしょうか」

「養子と養女の違い……あ！」

そう言われて、謎の少年も司馬懿の言いたいことがわかったようで、ポンと手を叩く。

「えっと、司馬懿様？　申し訳ございません、僕は……」

「あぁ、徐庶はわかりませんか。ならば説明しましょう」

「はい！　お願いします」

元々知らないことは知らないと正直に言うのが彼らの流儀であり、知らないことを馬鹿にしないのもまた、彼らの流儀である。そのため司馬懿は、名家的な常識を徐庶に教えることに抵抗はなかったし、周囲の人間もそのことにとやかく言うことはない。なんだかんだで教育環境は整っているのだ。

「まずは、養子の立場について教えましょう」

「はい」

「養子とは、大雑把に言えば血の繋がりが無くとも、その家の家長に子として認められた者のことを指します」

ここで重要なのは認めるのは【家長】であるということだろう。もしも家長以外の人間が「この子はこれから私の養子とする！」と宣言しても、基本的に家単位で物事を考えるのが後漢的常識なので、家長に認められなければ養子と認められることは無い。

「故に養子は実子と同じように様々な権利を得ます。一般的には家長の娘を娶って家に入る婿養子がわかりやすいかもしれませんね」

「あぁ、なるほど」

徐庶としても婿養子はわかりやすい例であった。たとえるなら董卓の認可を受けて董白の婿となり、董家に入るようなものだ。

「つまり養子とは家督を継ぐことも可能な子のことを指します。無論これには姻戚関係の有無も必要ありません。近い例だと先帝陛下がそうですね」

「あぁうん。確かにちち……先帝陛下もそうだったね」

劉弁の父である霊帝こと劉宏は、桓帝に子が出来なかった為に養子として宗家に迎えられ、帝位を継いでいた。これを見れば、この時代の養子という存在の扱いがどれだけ重いのかわかるというものだろう。

「翻って養女です。これは家長が認めた女性であれば誰でもなれますが、家督やら何やらには関われません」

「そうなんですか？」

「そうなのよ。だから王允の養女って言っても、養女なんてのは好きなだけ作れるの。だからそんなのに価値なんか無いってことね！」

「その通り！　流石はお嬢様です！」

「ふふーん」

「な、なるほど」

董白を全肯定する王異の賛辞はともかくとして、ここまで言われれば徐庶も董白が最初に言った言葉が理解できた。

「そうですね。董白殿が言ったように、どこの馬の骨ともしれない人間でもなれるのが養女なのです。故に、たとえ向こうが司徒である王允殿の養女とはいえ、大将軍殿の正式な養子である呂布将軍とは格が違うのですよ」

「へぇ。だから董白さんは「好きにすれば良い」って言ったんですね」

「そうなのよ！」

別に董白らが言っているのは女の意地悪でも何でもない。純粋に名家の常識として格が違うからこそ、呂布が好きに扱っても構わないと言っているのだ。

これをあえて司徒と大将軍の話にしようと画策したのは董卓であったが、王允もまた董卓や呂布を取り込むために大将軍府に養女を送り込んだのは事実であるので、どちらが悪いというわけでもないだろう。

まさしく「話を大きくしようとすれば大きくできる」というわけだ。

「そして師の得た情報によれば、どうやら件の養女とやらは過去に王允殿が奴隷市で購入した人物らしいです。まさしく馬の骨ですね」

「「はぁ!?」」

司馬懿が告げた言葉を聞いて、今まで黙って話を聞いていた牛輔と、王異に持ち上げられて気分が良くなっていた董白が揃って声を挙げた。

「王允のやつ！　そんなのを侍女としてお爺様に送りつけて来たの!?」

「許せませんね、お嬢様！」

「……あの野郎、俺らが涼州の田舎者だからって舐めくさりやがって！」

董白、王異、牛輔の涼州組は王允の行動を完全に宣戦布告と受け取った。

「王允とはそういうところがある下衆な奴ですよ」

「うーん。それはちょっと唐もどうかと思うなぁ」

さらに王允に恨みを持つ蔡琰が、ここぞとばかりに王允の評価を下げる為に苦々しい顔をして吐き捨てると、その教え子である唐后もまた王允のやり方に眉を顰《ひそ》める。

人を呪わば穴二つ。策が露見すれば策士の評価は落ちるものだ。

それが女を使った策ならなおさらである。

「つまるところ王允とすれば、その養女を使って董閣下と呂布将軍の仲を裂ければ最良。呂布将軍の側室にさせて縁戚になれれば良。たとえ妾のように扱われても呂布将軍と繋ぎを取れるだけでも良。どう転んでも損はないと言ったところだな」

李儒がそう纏めると、司馬懿と徐庶。それに謎の少年も黙って頷く。

「なので牛輔将軍」

「はっ！」

「私としては、呂布将軍がその娘の身分に拘わらず嫁としたいというのなら、董閣下は下手に関わるべきでは無いと考えている。……女が絡むと人は変わるからな」

李儒は太傅という立場にあっても、演義における呂布や董卓そして自身の死亡フラグである貂蟬を侮ってはいない。故に、自分たちが彼女を中心とした美女連環計に嵌《はま》る危険性を下げるために、まずは董卓が王允へ遠慮して貂蟬を抱く必要など無いと印象付けることにしたのだ。その狙いはほぼ成功したと言っても良いだろう。牛輔にしてみたら、元々彼女を呂布に下賜するべきだと思っていたところに、実はその女が奴隷であったことを知ったのだ。

この事実を知った上で、董卓に「王允に配慮する必要が有る」などと抜かす涼州人は居ない。むしろ無礼者！ と言って、王允共々彼女を殺そうとする可能性すらあるだろう。

さすがに呂布の手前そのような真似はしないし、させないが……少なくとも『董卓が貂蟬に対して何かをするという可能性は限りなく低くなった』といえるようになったことは確かである。それから牛輔は李儒といくつかの打ち合わせをした後、急ぎ足で長安に帰還した。

彼が董卓宛に授けた指示は『呂布の好きにさせろ』『王允はまだ殺すな』『董卓は長安から距離を取れ』というものであった。

三八　太傅の仕事

牛輔が帰った後のこと。劉弁と李儒は『良い機会だから』と、かねてから懸案の、喪が明けたらどうするのか？　ということを話し合っていた。

「うーん。どうするって言われてもなぁ。やっぱり難しいよねぇ」

「そもそも牛輔殿を送り込んできた董閣下の思惑は陛下の御意向の確認ですからね。あと四か月後には喪が明けますから、流石に方針は決めるべきかと」

「むー。李儒の言うこともわかるんだけどねぇ」

董卓や孫堅を始めとした諸侯が散々悩んでいることであるが、実はそれは劉弁も同じであった。というか、背負っているものの大きさを考えれば、彼ら以上に苦悩していると言っても良い。

なにせ生まれてからずっと洛陽の後宮の中で暮らしてきた劉弁には、国の運営に関して具体的にどうするか？　という明確なビジョンが無いのだ。これは彼が愚鈍だとか明晰だとかは関係なく、生まれ育った環境が問題であった。

皇帝はただ命じるのみ。家臣は従うのみ。

こういった環境の中で育てられてきた彼は、自身が皇帝になったらどのような国にしたいか？　などは考えたことがなく、ただ信用できる部下を信じて命令を下すだけで良いと思っていたのだ。

それは後漢の皇帝として決して間違った行為ではない。むしろ外戚や宦官を頼らず、司馬懿や徐庶と言った人材を重用し、自身で見出した人材を育成し、漢の行政に蔓延《はびこ》る名家の澱みを振り払い、国家の財政を立て直すことができたなら、これだけでも劉弁は名君として後世に名を残すことができたはずだ。しかし世は暴力が蔓延る乱世になりつつある。そして乱世の中で必要なのは、自身の想いを貫き通す確固たる意志であり、その想いを具現化させる武力である。

だからこそ重要なのが、劉弁が何を望むのか？　ということになる。

もし劉弁が「自分が傀儡で良い」というならそれも良いだろう。

『李儒や司馬懿に全て任せる』と命じれば、彼らは劉弁を錦の御旗として名家だろうがなんだろうが滅ぼして、より良い国を創るのだろう。

しかしそれは誰の国なのか？

李儒が死んだあとはどうなる？

司馬懿が死んだあとは？

彼らの後を継いだ人間が、皇帝に従順である保証はどこにもないではないか。

そもそも国家は民のものでもなければ家臣のものでもない。皇帝のものだ。

必要以上に個人に力を与えてしまえばどうなるかということは、袁紹や王允のように、自身が喪中であることにかこつけて平然と皇帝に弓を引くような真似をする連中が存在することを見れば一目瞭然だ。ならば皇帝である自分が表に立ち、自身の才覚で将帥を差配して天下を糺《ただ》すべきか？

その後は高祖や光武帝が行ったことを参考にした上で、より良い体制を作り後進に残すことこそ、宗家を継いだ皇帝の仕事であろうと言われれば、なるほど確かにその通りだ。そこに反論の余地はない。だが、だからこそ劉弁は迷う。

有り体に言えば……怖いのだ。

三年前に袁紹が宮中に乱入し、自分たちが少数の兵に護られて洛陽を脱したときは、いつ後ろに袁紹の放った追っ手が来るのかと恐れを抱いた。

そして翌年、その袁紹が反董卓連合なるものを結成し、数多の諸侯があの逆賊に賛同した上に二十万もの兵を集めたと聞かされたときなど、袁紹だけでなく諸侯も自分の首を狙っているのか？と身震いしたものだ。自分は何もしていないのに、何故ここまで狙われねばならないのか。その理不尽さに憤りもした。

自身が受け継いだはずの都を捨てたとき、宗廟から歴代の遺品や遺物を回収しているときなどは、情けなさで涙も流した。

あんな思いはしたくない。そう思ったからこそ劉弁は李儒に師事して学び、自身を可能な限り鍛えた。体を蝕んでいた毒は消えつつあるし、馬にも乗れるようになった。剣も弓もそれなりに使える程度にはなった。

間違いなく成長しているのは実感している。だが、その過程で気付いたのだ。

己の命令で命を捨てる兵士の存在に。己の命令で殺される名家の者たちの存在に。己の命令で司馬懿や徐庶が死地に向かうことになるということに、ようやく彼は気付いたのだ。

故に、命令するのが怖かったのだ。彼らの命を預かるのが怖かったのだ。だが、師である李儒にそのことを伝えれば『それこそが皇帝に必要なものである』と教えてくれた。

高祖も光武帝も、始皇帝すらもその恐怖と闘って、それでも前を向いて歩んだからこそ国を創ることができたのだと教えてくれた。それらの恐怖を知らず、宦官や外戚に全てを任せた結果が今の漢の姿なのだと教えてくれた。

自身が漢を立て直す。もしくは一度潰して新たに造り直す。

それができればどれだけ良いだろう。その時に司馬懿らが居てくれればどれだけ心強いだろう。だがそのためには逆賊どもを滅ぼす必要があり、逆賊を滅ぼす為には戦をする必要がある。そして戦をすれば味方も死ぬ。劉弁はその考えの中で堂々巡りをしてしまい、前に踏み出すことができなくなっていた。

だからこそ、と言うべきなのだろうか。その背を押すのは教育係である李儒の役目であった。

「陛下。まず一つずつ片付けましょう」

「一つずつ？」

「ええ。そうです。現在の漢という国は、これまでたくさんの問題がありながら、解決されることなく山積みにされておりました」

「うん、そうだね」

宦官や外戚による政治の壟断然り、名家による知識層の独占然り、地方の役人の暴政然り、儒教家の妄言然り、本当に様々な問題が累積されているのが現状だ。

「なればこそ、その問題を一つずつ片付けて行けば自ずと陛下が創る国が見えてきます」

「うーん。そんなものかな？」

「えぇ。少なくとも問題を放置して次代に繋ぐよりはマシでしょう？」

「それは……そうかも」

結論を出すことに恐れを抱いている劉弁に対し、李儒は『急いで結論は出さなくても良い。ただ少しずつ良くしていこう』と囁きかける。

決断を先延ばしにする行為ではあるが、無為に日々を過ごすわけでもなければ、無策というわけでもない。最低限やるべきことをやるだけでも随分と違うのだ。と囁きかける。

内心では『諸事情があったとはいえ、歴代の皇帝、特に三代目の章帝や四代目の和帝がアホ過ぎる』とか『そもそも絶対君主制でありながら皇帝の立場が軽すぎる』と考えている李儒からすれば、皇帝の教育に儒教的な考えは不要であり、儒教の教えに凝り固まった名家の連中も不要であった。

だからこそ、劉弁が何かを包括して決断することができなくても、名家という枠組みは一度破壊するべきだと考えていた。

とはいっても、李儒は科挙（官僚登用試験制度）による官僚の取立てが唯一無二の正解ではないことも知っている。最初は良いだろうが、結局数十年もすれば試験の為の試験となり、現実を知らず本だけの知識を学んだ人間が政治に参入することになるのは歴史が証明している。また試験官も人間であるから、問題の漏洩だの、賄賂だの、家柄だのを忖度して合否を覆すような真似をすることになるのも知っている。

だからこそ彼は『劉弁は道筋を作るだけでも良い』と考えていた。自分もその中で寿命を迎えるだろうから、後のことは後の人間が決めれば良いのだ。

ある意味で投げやり。ある意味で無責任な考えではあるが、李儒という人間は『一人の人間が国家の行く末を縛ろうとする方がよほど傲慢であろう』と考える人間であると同時に、そもそもの目標が『悠々自適な隠居生活』なのだ。そのために必要なのは自分が過ごしやすい環境であり、その環境を創るためには国家に安定してもらう必要がある。だからこそ、目先の問題の種を排除することに躊躇は無い。

「ご理解頂いたところで、さっそく最初の問題に目を向けましょう」

「最初？」

「ええ。まず陛下が決めるべきは、劉氏の処遇についてです」

「うえ？」

てっきり逆賊の討伐に関することだと考えていたところに、予想外の話を聞かされた劉弁は思わずおかしな声を上げてしまう。だが、決してこの話は逆賊の話と無関係ではない。

「まず冀州牧である劉虞様は問題ありません」

「う、うん」

劉虞は元々反董卓連合にも参加せず、韓馥や袁紹の誘いにも乗らずに長安に使者を出してきたので、劉弁としても特に彼を責める理由はないことは納得している。

「問題が有るのは反董卓連合に参加した劉岱や劉繇。それと劉表の子である劉琦。加えて益州で何やら企んでいる劉焉殿が主なところになりますね」

「……なるほどねぇ」

劉岱・劉繇・劉表は明確に劉弁に対して叛旗を翻した逆賊である。劉琦は劉表の子供でしかないが、現在は逆賊の一族として処刑対象であるのは事実だ。これらをどうするか？　という問題だ。

「朕としてはれんちゅうを許すきはないよ。りゅうえんについては……情報がたりないかな？」

「御意。ではまずは逆賊同士で殺し合ってもらいましょうか」

自身の決定に対して拱手《きょうしゅ》で応える李儒の姿を見て、劉弁も「一つずつってこういうことか」と李儒の言いたかったことを理解した。

「では次に、属尽の処遇についてです」

「ん？　ぞくじんって何？」

一般人にとっては面倒な存在であっても、皇帝にとって属尽とは親戚の親戚の親戚の親戚といった極めて他人に近い存在でしかない。そのため十常侍や霊帝も劉弁に属尽についての知識を与えなかったのだろう。

そのことを理解した李儒は、自身の思ったままのことを劉弁に伝えることにした。

「そうですね。属尽とは皇族を名乗れないほどに遠くなった劉氏の末裔のことです」

「へぇそんなのがいたんだ？」

「えぇ。居たのです」

「あれ？　なんか嫌なやつらなの？」

何とも言えないような顔をしてしみじみと語る李儒を見て、劉弁は何かを察したようだ。そしてその勘は間違っていない。

「えぇ。彼らの多くは劉氏であることを笠に着て、税を払わず、兵役にも応じず、法を捻じ曲げ、県令や太守から生活費を貰っている癖に県令らの指示には一切従わないなど、地方でやりたい放題をして劉氏の名に泥を塗っている存在です」

「そいつら、なにしてくれてるの!?」

太傅による、劉氏の立場を慮る必要がない立場に居るからこそできる讒言、否、一切誇張の無い事実の報告であった。

「彼らの存在のせいで、地方の人間は劉氏に対して隔意を抱いております」

「……そりゃそうでしょ」

　税を払わない上に働きもせずに生活費を貰う存在など、慢性的に財政難に頭を抱えている地方の役人から見たら憎しみの対象でしかない。そんなのが地方にゴロゴロいたら……最近財政を学んでいる劉弁は、その考えに至り、頭を抱えたくなった。

「あれ？　もしかして前の反董卓れんごうにさんかした兵って……」

　こいつらのせいで朕のことを嫌っていたりするの？　言外にそう尋ねると、視線を向けられた李儒は視線を逸らしてこう答えた。

「……否定はできません」

「なにしてくれてんの!?」

　同じ劉氏というだけで特別扱いを受けている連中のせいで自分が責められるという不条理に、劉弁は思わず叫び声を上げる。

「そいつらは絶対だめ！　許さない！　さいていでも特権はなくして！」

「はっ。では宗正《そうせい》（宗室を監督する官庁）にも指示を出します。逆らう者が出た場合は如何致しますか？」

「逆賊！」

「はっ」

　すでに劉岱や劉繇といった由緒ある連中すら逆賊としたのだ。そうである以上、劉弁としては属尽如きに遠慮する気はない。膿《うみ》を出し切るという意味も込めて、彼は属尽に対する特権剝奪を正式に命じることを決意する。劉弁の服喪が明けたあとに正式に公布されたこの勅に対し、各地の属尽とその関係者は当然反対の声を上げるも、彼らの存在に頭を悩ませていた地方軍閥諸侯は、喜んでその勅を受け入れたそうな。

これについて後世の歴史家は『当時の儒教的な価値観を鑑みれば無謀にして無情。しかし現実問題に対処する為政者としては正しい行為』と評を下す。

この決定により、一人の属尽は史実に比べて大きく動きを制限されることになる。

そのことを知るのはどこぞの腹黒唯《ただ》一人。彼はその異名に相応しく、黒い笑みを浮かべていたという。

三九　高祖の風

一

初平三年（西暦一九二年）一月　幽州広陽郡・薊

「……何事もなく年を越せたな」

遷都や反董卓連合の解散に伴うあれこれの事件が漢という帝国全土を駆け巡り、様々な勢力が乱立しつつある中、昨年末に正式に幽州の州牧となった公孫瓚は、冀州牧となった劉虞が冀州の渤海に移ったことを受け、自身も拠点を北平から薊に移し、ここで新年を迎えることができていた。

去年までの都督という立場ですら『妾の子が出世したもんだ』と自嘲したものだったが、今回の州牧就任は出世どころの話ではない。しかも公孫瓚は、この人事に対して特に長安に付け届けを贈ったり、自分を出世させるよう働きかけたりなどをしていないのだ。

それなのに州牧に出世してしまったが故に、公孫瓚は『付け届けも何もしてないのに自分を州牧にするなんて、どう考えてもおかしい。これは長安の連中は自分を位打ちにするつもりではないか？』といった感じの疑いを抱いていた。

付け届け無しに武功を認めない後漢クオリティが悪いのか、出世させた後で嵌めることを繰り返してきた洛陽（現長安）の旧上層部に信用が無いのが悪いのかは不明だが、とにかく公孫瓚は長安からどんな理不尽な命令が来ても良いように万全の心構えをしていた。

（なにもない、のか？）

しかし、年が明けても未だに長安からは特に何かを言って来るわけでもないし、劉虞も公孫瓚の支援を必要としているのは確かだったので、その気持ちも徐々に薄れつつあるのも事実である。自身の警戒心が緩むのを自覚する度に『いや、この油断が駄目なんだ』と自身に言い聞かせるも、現在彼の寝室の枕元にある劉虞から直接手渡された幽州牧の印綬《いんじゅ》と、長安から送られてきた正式な任命状が、どうしても警戒心を薄れさせてしまう状況にあった。

なにせ、これらの物的証拠の存在によって公孫瓚は毎日寝る前と目が覚める度に『これは夢ではない』と自覚して機嫌を良くすることができるのだ。これでは公孫瓚の警戒心が長続きしないのも当然であろう。

ちなみに、曹操や孫堅、さらには大将軍である董卓ですら恐れた書類仕事に関してだが、公孫瓚を始めとした幽州勢はそれほど問題視してはいなかった。それは元々幽州が幷州と同じような田舎であり、それほど書類が重視されてはいない上、正式な州牧となった彼の下には冀州や青州の混乱を避けて来た文官も多数いたことが大きな理由となっている。

さらに言えば、長安からは理不尽な命令どころか特に指示がないのに予算としての資財は送られてきているので、現時点の公孫瓚は長安からの理不尽な命令が来ることに多少の警戒はしているものの、少なくとも年末から今までの間、寝る前に印綬と任命状を見て幸せになり、起きてから印綬と任命状を見てニマニマして幸せを噛みしめるという幸せを味わうことができていた。

しかしながら、時は戦国乱世。

ささやかな幸せは長くは続かない。

——それは年明けから数日後のことであった。

「殿、次の者なのですが……」

「ん？　どうした？」

年明け早々の州牧の仕事と言えば、賊との戦や書類仕事ではない。配下や諸侯・または地元の名士や商人から挨拶を受けることである。それは漢の藩屏《はんぺい》たる幽州でも同じことなので、正式に州牧となった公孫瓚もここ数日間は外に出ることなく挨拶を受けることに専念していた。

「……これを」

そんな中、これまで流れるように進んでいた挨拶の波が一時的に途切れたと思えば、進行を担当していた従事中郎の牽招《けんしょう》が何とも言えない顔をしながら無言で書簡を差し出してくるではないか。

「あん？　何か問題か？」と問いただす公孫瓚に対し「見ればわかります」と答える牽招。

「いきなりなんだ？　これは面会予定者の名簿だよな？　もしやこれから何か面倒な相手でも……げぇっ！」

次の者を迎えるにあたって、こうして流れを途切れさせるくらいなのだから、おそらくこの者は他の連中とは別室に控えていたのだろう。そういった手間を掛ける必要がある相手であれば、顔を合わせる前に名前と身分の確認は必要不可欠。

……そう思っていた時期が公孫瓚にもありました。

最初は『とうとう長安から使者が来たか？』と思って覚悟を決めようとしていた彼の前に差し出された面会予定者の名簿。その中にある次の面会予定者の位置には、両者にとって共通する知人の名が載っていた。

「来やがった。本当に来やがったぞ！」

「……どうしましょう？」

「どうするってお前……どうしよう？」

この日、幽州の諸侯から挨拶を受けて内心で得意絶頂となっていた公孫瓚は、記憶の奥底に封じていた極大の頭痛の種によって強制的に夢から覚めることになる。

名簿に書かれていた名は『劉備玄徳』。

今の公孫瓚が一番目にしたくなかった人物の名が記されていた。

「久しいな劉備」

「おう！　兄ぃも元気そうでなによりだぜ！」

「う、うむ。お前もな」

州牧となった自分に対して、公の場で対等な口を叩こうとする劉備の態度に、頬をヒクつかせながらもなんとか無難な返事をする公孫瓚。

彼は開口一番怒鳴り散らさなかった自分を褒めてやりたい気分になっていた。

礼儀作法が文字通り命を握るこの時代、本来なら義勇軍の長や県の尉《い》でしかなかった劉備が、州牧である公孫瓚にタメ口など許されるものではない。その上、今の劉備は督郵を殺したことで正式に手配をされている罪人だ。そのため公孫瓚が劉備に対し説教をするのはなんら間違ってはいない。それどころか公孫瓚の立場を鑑みれば、彼が現れたと同時にその身柄を拘束し、長安へ送りつけるのが正しい行動となる。だがここで公孫瓚の行動を邪魔するのが後漢の常識だった。

細かく言えば、劉備が同じ盧植門下で学んだ同門であるということと、その出自が属尽であるということが公孫瓚の行動を縛っていた。

どういうことかと説明すると……まず、基本的に何時《いつ》如何《いか》なる時代であっても、信賞必罰は組織の倣いであるのは確かだ。しかし儒教が蔓延している後漢時代では『役人を殺した身内』という存在は非常に微妙な扱いとなってしまうものだし、正式に属尽として認められている劉備をその辺の罪人と同列にすることはできないという事情があった。

というのも、この時代は名家や宦官共が儒教を好き勝手に解釈した結果、法よりも身内を守ることを優先するような空気が蔓延している時代である。よってここで『罪人だから』という一点を以て同郷かつ同門かつ属尽である劉備を捕らえてしまうと、法を守った立場であるはずの公孫瓚が文官たちからの反感を買いかねない。

さらに言えば、その劉備によって殺された役人が不正を働いていた可能性を考慮する必要もある。なぜかというと、第三者が調査をした結果『殺された役人に咎有り』となれば、地方では何進や十常侍を殺害したと伝わった袁紹がそうであったように、その役人を殺した人間は罪に問われるどころか賞賛される対象になる可能性すら有るというのが後漢クオリティだからだ。

それだけではない。現在幽州の文官筆頭として働いている牽招が、若き日に劉備と誼を通じていたのも問題だ。今になって『罪人になったから捕らえる』などと言えば、当の劉備は己の行いを省みず『あいつらは偉くなったから俺を見捨てた』と騒いでひと悶着を起こすことは想像に難くない。劉備という人間は、そういったことをするだけの気の荒さがある人間なのだ。まぁそういう性格でなければ、黄巾の乱の際にあえて官軍に加わらず義勇軍など結成するようなことはしないし、その後『自分と面会をしなかったから』という理不尽な理由で自分を査察しに来た督郵の滞在する屋敷

を襲撃し、吊るし上げた上に撲殺するようなことはしないだろう。

荒くれ劉備の気性はともかくとして。

これをされた場合、属尽とはいえ劉氏にこき下ろされることになる公孫瓚と牽招の対外的な評価はガタ落ちすることになる。名声が重んじられる漢帝国で、さらに人材が少ない幽州に於いて、属尽からの悪評はまさしく死活問題だ。

そういった諸事情があるので、属尽というのはかつての何進ですら気を使う必要が有った程度には厄介な存在なのだ。さらに今回渦中にある劉備が所属する属尽のコミュニティは、彼の地元である幽州は涿《たく》郡にあるので、何かあった場合は劉備一人の問題では済まなくなる可能性も高い。それらが、公孫瓚が劉備の扱いに頭を悩ませる一因となっている。

問題は単純な武力だけの問題ではない。公孫瓚はもし自分が属尽と敵対したとしても、彼らを滅ぼすことは簡単にできるとは思っているし、それは紛れもない事実だ。しかしその結果がどうなるかがわからない。特に彼ら属尽を討伐した結果、皇族である冀州の劉虞が敵に回る可能性があるのが怖い。

そうなった場合、こちらの仲間割れを狙っている袁紹や韓馥だけでなく、幽州内部の諸侯や劉虞に降った烏桓の連中すらも公孫瓚の敵に回る可能性が高い。そうなればさしもの公孫瓚とて敗北を余儀なくされるだろう。

（めんどくせぇ）

起こり得る事柄と可能な限りの情勢を想定して状況を鑑みた公孫瓚は、ここで劉備《犯罪者》に対して下手なことをして現状でうまく回っている幽州の領政を台無しにするような真似は控えるべきだと判断していたし、なんなら劉備《小悪党》が何を企んでいるのか。また、どうすればこの不発弾を安全に処理できるかを考えようとしていた。

……考えすぎなのかもしれないが、元々生まれで差別されて来た彼としては、どこに自分の足を引っ張ろうとする連中が潜む落とし穴があるかわからない以上、どれだけ警戒しても警戒し過ぎるということはないのだ。

（しょうがねぇ）

最終的に公孫瓚は、目の前に存在する旧知《極大の落とし穴》の存在を見据えつつ内心にある『さっさと消えてくれ』といった感情を表に出さぬように苦心しながら劉備《見えている地雷》との会話を続けることにした。

「本来なら久々に会ったお前と盃でも酌み交わしたいところだが、まずは仕事をさせてもらおう。ここに来たのは新年の挨拶の為だけではあるまい？」

「おう。さすがは兄ぃ。しっかりお見通しってか？」

「ま、これでも部下の命を背負っているんでな」

「ほぉう。さすがは州牧様だねぇ」

（はぁ）

人懐っこい顔をして頭を掻く劉備《疫病神》に対し、暗に『お前より部下の命が大事だ』と告げた公孫瓚だが、当の劉備《破落戸》には伝わらなかったようだ。

「お前に世辞を言われてもな。とにかくお前の本題はあれだろ？　数年前の督郵殺害の罪を俺に無効にして欲しいってんだろ？」

「おぉ、そうなんだよ！」

無駄に会話を続けても胃を痛めるだけだと判断した公孫瓚がそう言って水を向ければ、劉備《チンピラの頭目》は待ってました！　とばかりに話しだした。

「いや、今の俺って無職だろ？　流石にお袋に合わせる顔がねぇからってんで、なんか適当な職をもらえれば良いなって思っていたんだけどよぉ。俺ってそれ以前に罪人にされちまっているだろ？だからどうしたものかって考えていたら、簡雍《かんよう》がな？　州牧になった兄ぃなら俺の冤罪を晴らすことができるっていうじゃねーか！」

「できなくはないけどな（つーか勝手に冤罪にするな）」

確かに州牧には罪人に対して裁判を行う権限もあるので、公孫瓚がその気になればここで裁判を行って、劉備を『罪なし』とすることも不可能ではない。それは事実だ。

つまるところ罪人である劉備が、本来己を裁くべき相手である冀州牧の劉虞（劉備が殺したとされる督郵は冀州に所属する中山国の役人である為）の前ではなく、既知である同郷の公孫瓚の下に現れたのは、職を求めるついでに『自分は不正を働いていた役人を誅《ちゅう》しただけだから自分に罪はない』という判決を下して貰う為だったということだ。

（随分と便利に使ってくれるものだな）

「なぁ兄ぃ、頼むよ！　このままじゃ、お袋に合わせる顔がねぇんだよぉ！　もしも俺の冤罪を晴らしてくれたら、これから兄ぃの為に働くから、なんとかしてくれっ！」

「……お袋さんなぁ（俺の為に働く？　なら袁紹のところにでも行ってくれねぇかな）」

先程までとは一変し、真剣な顔で縁故によって自身の犯した罪をなかったことにしようと頼み込む劉備に対し、掛ける言葉も見つからない公孫瓚の図である。

結局この日、公孫瓚は裁判を行って劉備に科せられていた『督郵殺害の罪』を無効とすることとなった。後に幽州からの使者からこの報告を受けた劉虞は「そうか。彼には苦労をかけるな」と、属尽である劉備に対しての配慮に感謝を示した。こうして幽州牧と冀州牧が劉備の無罪を認めたので、この話はこれでおしまい。となれば良いのだが、公孫瓚は大事なことを失念していた。

それは、劉備を罪人として手配したのは当時の冀州刺史ではないということだ。

（はぁ）

公孫瓚の受難はこれから始まる……かもしれない。

二

一月中旬　幽州広陽郡・薊

「あ～もぉ！　なんつーかよぉ！」

公孫瓚への新年の挨拶も終わり、簡易では有るが正式な裁判によって督郵殺害の罪を免れることになった劉備であったが、そんな彼は、ここ数日不機嫌の極みにあった。

「おぉおぉ荒れてんなぁウチの大将は」

ドンっ！　と音を立てて拳を机に叩き付けた劉備を横目に、簡雍は久方振りに自分が稼いだ銭で買った自分の為の酒を飲んでいる。他人の銭で飲む酒も上手いが、偶《たま》には自分で稼いだ金で飲むのも乙なものであるようで、あからさまに上機嫌であることがわかる。

「つーかよぉ。兄貴は俺たちと違って働かなくても金がもらえて飯が食えてるんだろ？　一体全体何が不満だってんだ？」

「……さてな」

彼らの兄貴分である劉備は、正式に州牧となった同門の先達である公孫瓚によって督郵殺害の罪を帳消しにしてもらっただけでなく、今では彼の直属の部下に取り立ててもらっていた。無職から州牧直属の武官に昇進したのである。現状に何の不満があるのかさっぱり分からない張飛《ちようひ》と関羽《かんう》は、揃って「意味が分からねぇよ」と首を傾げている。

「張の字や関さんは良いよなぁ！　二人して賊退治の為に外に出られるし、関さんに至っては兵卒の訓練とかも頼まれてるしよぉ！」

そんな二人に対して、劉備は己の中に抱える不満をぶつける。

「いやまぁ、俺は腕っぷししかないから賊退治くらいしかできねぇけど、関羽の兄貴は何でもできるからなぁ」

「ふっ」

「あ～お前ぇさんらは良いよなぁ～」

いきなり訳の分からない不満をぶつけられた『関さん』こと関羽は、義兄である劉備からは多少の嫌味を感じるものの、弟分である『張の字』こと張飛からの純粋な称賛を受けたことで、満更でもない気持ちとなり、思わずニヤけそうになる口元を隠すために自然な形で自慢の髯《ひげ》を撫でつけていた。基本的に関羽という人間は気位が高く扱いづらい人間ではあるが、それもこれも卓越した武力に加え、『春秋左氏伝』を暗記しているといえる程度には知力も備わっているという自負が有るからこそ、このような態度を取るのである。

関羽の態度が適切かどうかは別の機会に話すとして、劉備を迎え入れた際に関羽の存在を知った公孫瓚は、彼に将としての資質を見出した。そして新たに編入された歩兵の訓練をしてもらうよう依頼をすることにした。

そんな経緯があって、今の関羽は公孫瓚直属である劉備の部下であると明言した上で、特別に客将に近い待遇で迎えられている。当然その扱いも悪くない。というか、正式な官位や役職こそ与えられてはいないものの、新任の騎都尉と同じような扱いを受けていた。

その社会的な信用は無職の部下とは比べ物にならないし、なによりこうして【州牧から直接頼まれたこと】に己の承認欲求を刺激されまくった関羽は、表面上は不機嫌そうな顔をしているものの、内心ではかなり満足しながら日々を送っていたりする。

さしもの関羽とて、追っ手の役人を警戒しながら日々の路銀にも事欠くような逃亡生活を送ることには辟易していたようだ。

そして張飛は張飛で関羽からの推薦を受けて、関羽の部下として賊の討伐軍に参加することが決まっており、これまた公孫瓚から支度金としてそれなりの給金を貰っているので、ここ数日の生活に不満は無かった。

関羽ほどではないが、張飛も日々の食事に事欠く逃亡生活は相当こたえたようで、しっかり仕事すれば安定した給金を貰えるという当たり前のことに喜びを見いだしつつあるらしい。

実に健全な思考と言えよう。

両者の貧困に対する忌避感はともかくとしても、これまではあえて劉備のついでのような扱いを受けて、常に一歩引いた態度を取ってきた二人が、こうして前に出て功績を挙げようとしているのには、当然理由がある。忠義に厚い二人が長兄である劉備を差し置いて功を挙げようとする理由とは、やはりというかなんというか、彼らが主と仰ぐ劉備が絡んでいる。

「んなこと言ってもしょうがねぇだろ兄貴。働かなきゃ銭は貰えんし、銭が無きゃ飯は食えねぇんだからよぉ」

「……そりゃそうだがよぉ」

「我らとて長兄に恥を掻かせるわけにはいかんからな」

「……そりゃありがてぇ話なんだけどよぉ」

「そもそも大将が俺らに給金を払えねぇのが駄目なんだろうが」

「……それもそぉなんだけどよぉ」

横で飲んでいた簡雍にまで諭されて不貞腐れる劉備だが、揃いも揃って正面から「元凶はお前だ」と言われてしまえば、これ以上反論することはできなかった。

そう。今までは関羽も張飛も簡雍も、劉備に給金の支払いなどを求めてはおらず、共有の資金をやりくりするような関係であったのだが、ふとした拍子に公孫瓚から『良くお前に彼ら程の人材を雇うだけの財があったな？』と尋ねられた際に劉備が『ん？　俺は、こいつらに給金なんか払ってねぇぞ？』と言ってしまったことで、問題が顕在化されてしまった。

信賞必罰。親しき仲にも礼儀あり。

人を従える以上は絶対に曲げてはいけない常識を蔑ろにしていた同門の後輩である劉備に対し公孫瓚は、それはそれは激しい見幕で説教を行った。それを止めようとした関羽にも『甘やかすな！

お前さん程の人間に対して満足に給金を払わないと言うことが、組織にどれだけの問題を引き起こすかってことをちゃんと理解しろ！』と飛び火した。そうして主従は揃って一緒に説教を受ける羽目になったのだ。

公孫瓚の言葉は『関羽にすら給金を払わない人間が、他の人間にどう見られると思う？』ということであり、また『関羽にすら給金を払ってないなら、関羽より劣る人間が配下に加わったらどうする気だ？』という問いかけも含まれている。

それを聞いた関羽は「確かに私以上に長兄の為に働ける人材はいない。私は給金が欲しいわけではないので現状でも問題はないが、他の人間はどうなる？　一番働いている私が給金を貰っていない以上、他の者も給金を貰えないと思われるのではないか？」と、自分が給金を貰わないことで劉備の甲斐性が疑われる可能性に気付くことができたのだ。

それに公孫瓚は金を払わないと言っているのではない。むしろ仕事に見合った金を払うと言っているのだ。そうなれば話は早い。その為、関羽は立場上劉備の配下であることを強調する為に、公孫瓚に対して「自分は劉備から給金を貰う形にしたいので、己の分の給金は劉備に払って欲しい」と頼んだが、劉備の金遣いの荒さを知る公孫瓚は笑顔でこれを拒否。

書類上は劉備の給金から関羽たちの分を差っ引く形にしているが、実際の支払いは本人に渡すよう主簿《会計係》に言い含める徹底ぶりをみせていたとか。

そんな劉備らの財政事情はさておいて。

「だけどよぉ。俺だって何かしてぇんだよ！」

（（結局それか））

関羽・張飛・簡雍の三人は目を見合わせ、同時に溜息を吐いた。

彼らの目の前で『何か仕事をしたい！』と嘯《うそぶ》く劉備は、先述したように公孫瓚の直属の武官なので決して無職ではない。しかし公孫瓚の直属であるが故に、公孫瓚の命令無くして彼の側から離れることはできない。だが、州牧である公孫瓚の主な仕事は、そのほとんどが書類仕事なのである。

この為、直属の武官でしかない劉備には現状特に仕事はなく、雇い主である公孫瓚からも「何かあるときは呼ぶから、それ以外は自己鍛練に励んでいてくれ」と、小難しい書物やらなにやらを手渡されただけであった。

普段は仕事なんかめんどくせぇ！　と好き勝手に振る舞う劉備だが、さすがにこうして他の三人がしっかりとした働きをし始めているのに、自分は何もしていないということには後ろめたいモノを覚えたらしい。

公孫瓚が聞けば「だから真面目に訓練したり、渡した書物を読み込んだり、自己鍛練に励めよ、と言ってるだろうが！」と真顔で説教をしてくるところだが、劉備の辞書に努力の文字は無い。

「兄ぃの直属の部下ってのも良いんだけどよぉ。俺としちゃどっか適当な県の尉とかにしてもらって、自由にしてぇんだよなぁ」

更に言えば元々劉備は書物を読んだり、地道な訓練などよりも、闘犬を始めとした賭け事や派手な遊びを好む性質《たち》でもある。しかしながら、公孫瓚はそうではない。賃金を貰っている関係上勝手に離れることもできず、さりとて雇い主にして兄貴分である公孫瓚の目が光っているところでは自由気ままに振る舞うわけにもいかない。

そんなこんなで、暇潰しも満足にできないという現状に不満があった。

劉備はこのような現状をどうにかしたいと考えているのだが、大前提として公孫瓚には劉備を野放しにする気はない。何故かというと、劉備のこれまでの行いが原因であった。

「いや、そもそも大将が適当な県の尉とかになれるわけねぇだろ」

「あぁん？　なんでだよ？　督郵についての冤罪は晴れただろうが」

「『冤罪？』」

冤罪を強調する劉備に、関羽も張飛も思わず首を傾げてしまう。今では張飛ですら『カッとなってやり過ぎてしまった。今は反省している』との姿勢を見せているというのに、主犯がこれでは罪を免じた公孫瓚も浮かばれないというものだろう。

「……冤罪に関しては深く触れねぇよ。だけど大将にはそれ以外にもあるだろ？」

「はぁ？　何があるってんだよ！」

そんな浮かばれない州牧こと公孫瓚の内心はさて置くとして。劉備の犯した罪は督郵の殺害だけではない。彼は自覚していないだけで、しっかりと罪を犯しているのだ。

その罪とは……ズバリ職務放棄。

「何って大将、流石に職務を投げ棄てて逃げたら駄目だろ」

「いや、投げ棄てたっていってもよぉ。……あれは仕方ねぇだろ？」

言われて自分のやったことに気付いたのか、劉備は苦い顔をする。

そうなのだ。督郵を殺したことについては州牧《公孫瓚》の権限で無罪にすることはできた。しかし、問題はその後である。なにせ劉備は後任も決めず、当然引き継ぎもせずに、職務を投げ出して逃げたのだ。督郵殺害は本人や家族だけに迷惑をかける行為でしかなかった（それだって大問題だ）が、職務放棄が周囲に与えた影響はそれどころではない。

一つの県（城壁に囲まれた一定以上の規模の街）の警備を統括する人間がいきなり消えたのだ。劉備の逃亡を耳にした洛陽が後任を決め、派遣するまでの間、どれだけ現場が混乱したかは想像に難くない。それを『仕方ない』の一言で済まそうとする劉備であったが、それはあくまで劉備の主観でしかない。

「あれを仕方ないって判断するのは大将じゃねぇからなぁ。つまるところ大将には信用が無いんだよ」

「はぁ？　信用ってお前、俺と兄ぃの関係だぞ？」

「そりゃ公孫瓚の兄貴としてはともかく、州牧としては違うんじゃね？」

「州牧としては違うってのはどういうこったよ？」

「ん？　同じような状況になったら大将は我慢できるのかって話さ」

「……なるほどなぁ」

こういった意味で自分に信用が無いと言われてしまえば、再度同じような状況になったときに我慢できる自信がない劉備としても返す言葉はない。もしも公孫瓚が史実のように劉虞と敵対していたり、青州や冀州で戦をしていて猫の手も借りたいような状況であったならば、劉備を戦術指揮官として使うこともあったかもしれない。しかし現状では無理をしてまで信用できない人間を要職につけるような状況でもない。よって公孫瓚は、劉備《不発弾》を目の届くところに置き、妙な真似をしないように目を光らせているのである。これには『関羽や張飛の暴走を抑える』という人質的な意味合いもないわけでは無いが、それはそれ。劉備の言動が非常識なのは紛れもない事実であった。

「某から長兄に言えることとしては、とりあえず暫くは大人しくして、公孫瓚殿の信用を得ることですな」

普段は劉備の行動を掣肘することが無い関羽であっても、何の展望もなく極貧生活を送るのは嫌なようで、今回ばかりは劉備が暴走しないようしっかりと釘を刺すことにした。

「……暫くっていっても、具体的にはどれくらい我慢しろってんだ?」

幽州に来てから一〇日も経っていないにも拘わらず、既にここまで不満が溜まっている劉備は、常識的な意見を言った関羽に対しても噛み付いてくる。

しかし関羽とて劉備の性格は重々承知の上である。

「そうですな。少なくとも半年以内には何かが起こるでしょう。だからそれまでは大人しくしておきなされ」

「は？　半年？」

まさか具体的な期間を示されるとは思っていなかったのか、劉備は呆けた顔をしながらオウム返しに確認を取る。そんな劉備に対して関羽は、何かしらの確信があるのか表情を崩さず、張飛や簡雍にも伝わるよう、真顔で頷き、言葉を続けた。

「うむ。あくまで推測でしかありませんが、間違いなく半年以内に何かしらの動きが有るでしょう。だからそれまでは銭を貯めるなり、己を鍛えるなりして備えを怠らないようにするべきでしょうな」

「これから半年って……あぁ、なるほど。そりゃ確かにそうか」

関羽の言葉を受けてその意味を考え、半年以内に何かがあることを確信したのか簡雍も強く頷いて賛同の意を示す。

「いや、簡雍。一人で頷いてないで俺にも教えてくれよ」

未だに答えが分からない劉備と、その横で無言で頷く張飛を見て、簡雍は「しょうがねぇな」と呟いて、関羽の言った『半年』という期間について説明をすることにした。

「いいか二人とも、まずこれは半年後っつーか、これから四か月後の話だ」

「四か月後？」

「半年以内ってんなら確かに半年以内だが、一体何が有るってんだ？」

「そりゃもちろんアレよ、アレ」

「引っ張らなくていいからさっさと教えろぃ！」

焦《じ》らされたことに苛立ちを感じ、口調を荒くして詰め寄る劉備だが、簡雍が告げた次の言葉で、強制的に頭を冷やされることになる。

「先帝陛下の喪が明けるんだよ」

「「……あっ！」」

先帝こと霊帝が没したのは三年前の五月。そして今上の帝である劉弁が漢全土に宣言した自身が喪に服する期間は三年間。つまり、今年の五月で先帝の喪が明けることになるのだ。

そうなれば長安に居る丞相の劉協はともかく、王允や楊彪はどう動く？　彼らと繋がりがある袁術は？　袁紹の立場は？　大将軍の董卓は？

誰がどう動くかは不明だが、間違いなく大きなうねりが発生することになるだろう。

「なるほどねぇ。確かにそうだ。しかしそうか。半年か……」

関羽や簡雍の言いたいことを理解した劉備は、半年後を見据えて自身の不満を抑え込み、雌伏することを決意することとなる。先帝の喪が明け、弘農の劉弁が表舞台に立ったとき、漢という国に何が起こるのか。異なる歴史の中では天下の大徳と謳われた英傑にどのような運命が待ち構えているのか。世の流れは停滞を終え、大きく動き出そうとしていた。

偽典・演義

～とある策士の三國志～

giten engi

伍5

特別読切

孫策と周瑜

孫堅と話を終えた孫策はその足で己の親友が書類仕事をしている部屋へと向かった。

「周瑜、やはり駄目だったよ」

「そうか。殿はなんと？」

「今俺たちが動けば江夏の劉琦は戦わずに袁術に降る可能性があるってさ。そうなった場合、それまでに使った費用の全部が無駄になるから動かないってよ」

「……なるほど。その視点はなかったな」

孫堅の意見は『今はまだ江夏を攻めるための艦《いくさぶね》が足りないから動かない』と言われると思っていた周瑜にとって予想すらしていなかった意見であった。

（だが言われてみればその通り）

今は自身が劉氏であることや、父親の仇を討つと気炎を上げているため袁家の下につくことなど考えてはいないだろう。だが、実際に孫家の軍勢を前にして頭を冷やしたならば恥も外聞もなく袁家に降る可能性は確かにある。というかその可能性が極めて高い。

なにせそうすることで江夏を巡る戦いを孫家と袁家の戦いにできるし、我々がそれまでに使った物資を無に帰させることになるからだ。袁家としては劉氏が自分に庇護を求めたという事実が得られるし、なにより我々に物資を浪費させることで先年に孫家が行った襄陽での行いに対する意趣返しができる。

（伝え聞く袁術の性格であれば、両方とも手を叩いて喜びそうなものだ）

袁術がアレでも袁家の家臣は優秀である。ならば袁術を喜ばせるために現時点で劉琦……は無理でも、彼の配下とそういう交渉をしていてもおかしくはない。

「あとは恩赦だな」

「恩赦？　……あぁ。確かにそうだ。先帝陛下の喪が明けたとき、同じ劉氏である劉琦を許す可能性があるな」

逆賊認定されていたのは反董卓連合に参加した劉表であって、劉琦ではない。平時であれば連座するのが当たり前なのだが、今は乱世。使える人間は一人でも欲しいだろう。

それが同族であれば猶更だ。恩を売る相手、恩を売る機。その双方が揃っている。ならば皇帝が恩赦を与える可能性は極めて高い。

（つまり、今の段階で兵を出すのは悪手）

今の段階では滅ぼすか赦すかさえ不透明。むしろ赦される可能性が高い。なんの結論も出ていないうちに動いてもいいが、それで苦戦でもすれば意味がない。また不利だと判断して即座に袁家に降られた場合は袁家の利にしかならない。加えて艦を始めとした物資が足りていないのも事実。

(やはり現時点で江夏を攻めるのは時期尚早、か)

優れた戦略家であり戦術家でもある周瑜はそう結論付けた。

(そうなると、だ。別を見繕う必要があるな)

周瑜がいう別とは、即ち孫策が望むものである。

「どこかないか？　攻めてもいい場所」

「そうだなぁ」

周瑜から見ても孫策は焦っている。

偉大な父に追いつきたい。

だがその父は戦闘だけでなく政治にまでその見識を伸ばしている。

翻って今の自分はどうか。

孫堅ほど戦闘が強いわけではない。

孫堅ほど指揮が上手いわけでもない。

孫堅ほど政に精通しているわけでもない。

外交なんてもってのほか。謀にも向いていない。

自覚すればするほど孫堅との差を突きつけられる。そんな状況なのだろう。

もちろんこれは孫策が勝手にそう思っていることだ。

もしこの想いを孫堅が聞けば『俺だって五、六年前までそうだった。むしろ学習する時間がなかった分、今のお前よりも悪かった』と苦笑いするだろう。

その後で『……一度周瑜ともども弘農に送って本物を見せるか？』と危険な考察をするかもしれないが、どちらにせよ孫策の考えすぎだと一笑に付す程度の悩みでしかない。

ちなみに黄蓋らに聞かれた場合は『それなら書類仕事をなさいませ』と、余計なことを考えられなくなるまで書類に向き合わされているだろう。その程度なのだ。孫策の悩みなど。

だが本人はそう思っていない。

「無駄に足踏みしている暇はねぇんだ！」

少しでも早く孫堅の役に立ちたいと思っている。

少しでも早く孫堅に認められたいと思っている。

今はその足踏みによって地盤を固める時期だ。そう言っても聞き分けるとは思えない。

（あまりいい傾向ではないな）

将の焦りは兵の死。兵法家にとっては基本のキ。

（だがこのまま溜め込んで好転するかといわれると……）

無理だろう。もしかしたら孫策本人よりも孫策を知る周瑜からみても、今の孫策は危うい。

（暴発して問題を起こすよりは、何かしらの目標を与えた方が良い。問題はその目標だ。まさか私が勝手に設定するわけにはいかん）

次期当主である孫策の親友にして次代の参謀として期待されているとはいえ、今の周瑜はただの文官。当然、孫家の敵を決める権限など存在しない。

「殿は何か言っていなかったか？」

孫家の敵を決めるのは孫堅である。孫策のことはなんとかしたいと思うが、如何に親友のためとはいえ孫堅の意に反することはできないし、する心算もない。

（殿の意を酌んだうえで孫策にとっても有用な策を示せれば良いのだが……そんな都合の良いことはないだろうな）

淡い期待を抱きつつ聞いてみた周瑜。だがその思いはいい意味で裏切られることになる。

「そういえば」

「ん？」

「父上は揚州が荒れる。そう言っていた」

「それを早く言え！」

「うわっ！」

揚州。かつては兄の劉岱と共に二龍と称されるほどに評価されていたものの、今や反董卓連合に参加したせいで逆賊認定を受けている劉繇が刺史となり実効支配している土地だ。

劉繇にとっては反董卓連合に参加した――それも副盟主として――くせに今や皇帝の忠実な配下面している袁術は不倶戴天の敵である。

また袁術にとっても劉繇は己よりも由緒正しい家柄を持つため、目の上のたん瘤《こぶ》のような相手だ。今はそんな相手を殺す大義名分があるので、隙あらば殺したいと思っているだろう。

ただし袁術にとって目下最大の敵は劉繇ではない。

袁家の前当主らが軒並み死ぬ切っ掛けを作った張本人のくせに袁家の当主を自認しただけでなく、先の反董卓連合の盟主にもなったことで袁家そのものを追い込みまくった袁紹その人である。一連の動きで大量の資財や人材を失った汝南袁家の面々にとって『袁紹が余計なことをしなければ』というのは最早共通認識となっている。

つまり揚州に兵を進める分には袁家とぶつかる心配はない。むしろ支援さえしてくるかもしれない。また劉繇は親が逆賊認定されただけの劉琦とは違い、本人が逆賊認定を受けている。彼に恩赦が出る可能性は極めて低い。

つまり、いきなり停戦命令がきて戦費が無駄になるようなことにはならない。

（完璧じゃないか！）

目下敵として戦力を向けるのにこれ以上ない存在と言える。

「えっと、周瑜？」

「孫策」

「お、おう」

「すぐに揚州に詳しい人間を集めたい。お前は殿に『揚州の士大夫の情報を集めたいので許可が欲しい』と頼んできてくれ」

「お、おう！」

やるべきことが見つかった孫策は、文字通り孫堅の下へと駆け出していく。

「さて。これから忙しくなるぞ！」

周瑜の本分は戦略家であり策士である。実際に兵を指揮するのも良いが、策士たるもの己の頭の中に生まれた策謀がどれだけの効果を発揮するのかを確かめずにはいられない。

そして相手はかつて名君と謳われた劉繇だ。

逆賊の認定を受けようとも、それはあくまで対外的な評価。

周囲にどのように見られようとも、その能力が変わるものではない。

「我らの敵として不足なし」

若輩ながらもすでに戦の才の片鱗を見せつつある孫策が先陣を務め、策士として覚醒しつつある周瑜がそれを支える。その後ろには孫堅ら孫家一同が控えているという。まさしく万全の布陣。

「袁家の小僧が。讒言を繰り返し我らを逆賊とした小倅の首を取り、陛下の目を覚まさせるのだ！」

史実の孫策を知っていれば「やめて差し上げろ」と言いたくなるような戦力を向けられつつあることなどいざ知らず、劉繇は袁術との戦いに備えその牙を研いでいた。

少女たちの出会い

李傕と郭汜を使者として派遣した董白は、弘農県にほど近いところに造られた宿場町にて彼らが戻ってくるのを待っていた。

「退屈ね！」

とはいえ、そこは董卓お気に入りの孫娘である。一人で馬にも乗れない——当然遠乗りや狩りもできない——ような軟弱な娘ではない。退屈なら馬に乗るし、自分を狙う賊がいれば射るくらいのことをする程度には活動的なお嬢さんなのだ。

つまり何が言いたいのかというと。

「王異！　二人が帰ってくるまで暇だから周囲を散策するわよ！」

董白は待てない娘だった。

皇帝の側近である太傅に使者を送ったのであれば、万が一にも行き違いになるようなことがないよう宿で待機するのが常識であり礼儀であるとわかってはいる。李傕と郭汜にも散々『絶対に待っていてくだせぇ！』と念を押されもした。

しかしながら董白は、いつ来るか分からない使者をいつまでも待っていられるほどおとなしい娘ではなかった。

「かしこまりました！」

そんな董白を止めるどころか、全力で追従する娘がいた。王異である。

無論王異とて常識は弁えている。だがなまじ常識を弁えているからこそ、彼女は『皇帝の下に送った使者が早く帰ってくることはない』と思っていたし、そう思っていたからこそ『今日くらいはお嬢様が自由に動いても問題ない』と判断してしまった。

大将軍からの使者を待たせるとかありえない。そういう意見もあるかもしれない。

しかしながら大将軍歴二年に満たない董卓やその部下たちは、未だに自分のことをお偉い将軍様とその配下ではなく、涼州の荒くれ者であると定義している。董卓自身がそうなのだ。そうである以上、董卓の孫娘である董白も、そのお付きである王異も、自分たちが洛陽や長安の文官たちから傅《かしず》かれるような立場だとは思っていない（もちろん舐めた態度を取るようなら武力で以てわからせる心算ではあるが）。

また、使者の人選にも問題があった。それはなにか？　見た目だ。

李傕と郭汜を見慣れている王異から見ても彼らは筋金入りの破落戸にしか見えないのだ。

董卓本人でさえ軽く扱われる可能性があるような場所に於いて、普段からお高くとまっている文官どもの本拠地ともいえる弘農に於いて、その使者を名乗る破落戸が丁重に扱われるはずがないではないか。待たされるのは当たり前。もしかしたら衛兵を呼ばれて牢に叩き込まれてもおかしくはない。王異がそう思う程に、あの二人の風体は破落戸そのものだった。

使者を派遣した者の格。使者の風体。使者を迎える側の気位。そのどれにも好条件が存在しない。これらの状況下に於いて彼らが使者としての仕事を最短で果たせるわけがないではないか。

むろん王異とてそこで彼らがかっとなって暴力に走る……とまでは思っていない。だが、宮城から追い出されたあと（もしくは地下牢から解放されたあと）にどこぞの酒舗《しゅほ》に入って酒を呷《あお》る程度にはグダグダな状態になると見込んでいた。

王異はそこまで読み切った上で董白が散策に出ても問題はないと判断したのである。

ここにいるのが王異ではなく、涼州最高の知者として名高い賈詡であっても同じ状況であれば（弘農にいる人物の情報を知らなければ）王異と同じ判断を下していただろう。それくらい王異の判断は涼州人にとって当たり前のことであった。

「さぁ。行くわよ！　って……えぇ？」

「どうしましたお嬢様？　って……おや？」

そうこうして準備万端で散策に出発しようとしていた二人の少女であったが、幸か不幸か、彼女らの予定は突然宿の前に現れた荷駄隊によって変更を余儀なくされることになる。

「ここね。貴方は荷駄を置く場所を聞いてきて頂戴。他は荷下ろしの準備を。あぁ、物によっては荷台に積んだままにしておくものもあるから、その辺は指示に従って頂戴」

「「「「へい！」」」」

「「……」」

「しばらくはここで待つことになるわね。一体何日待たされることになるのかしら……あら、貴女たちもここの宿のお客さん？　もしかしてお邪魔しちゃったかしら？」

なんとも絶妙なタイミングで菫白らの動きを止めた荷駄隊。それを率いるのは彼女らと同じくらいの年頃の少女にして、彼女らが持たない落ち着きと文官としての雰囲気を併せ持つ少女。蔡琰であった。

「んー。邪魔というほどでもないけど……」

「ないけれど？」

たとえ邪魔であっても、外に出たいのであれば避《よ》けて通ればいいだけだ。菫白はそんな状況でわざわざ「どけろ！」というほど狭量でもない。よって邪魔ではない。

ただ気勢は削がれた。菫白としてはそんな感じであった。

ちなみに王異は、菫白が行くといえば行くし、行かないといえば行かないので特に思うところはなかったりする。王異が気にしているのは目の前の少女が菫白にとって危険な存在なのか否か。それだけだ。付き人根性全開の王異についてはさておくとして。

「できたら少し、そう、少しお話を聞かせて欲しいかな」

「お話？」

元々董白が使者に出した二人の帰還を待たずに散策に出ようとしたのは、単純に暇だったからである。故に暇つぶしができるのであれば外に出る必要はない。

加えて言えば、董白が元々予定していた散策とは自分の馬に乗ってその辺を走るだけの散歩である。気晴らしにはなるが、得られるものはない。

しかしながら、目の前にいる女性とのお話は違う。

先ほど『ここに泊まる』と。さらには『待たされる』と口にしていた以上、彼女の目的も弘農だろうことはわかる。荷駄に積まれているモノも弘農にいる誰かの為に使われるのだろうということもわかる。だが、何故一目見ただけで士大夫の娘とわかる彼女が荷駄隊を率いているのかがわからない。

基本的にこの時代、女性に社会的な力は存在しない。

大将軍として君臨する董卓に溺愛されているが故に董卓からの書状を持たされている董白とて、肩書は大将軍の孫娘でしかなく、社会的には無位無官の小娘でしかない。王異はまだしも、李傕と郭汜は董卓の命令があるからこそ董白に従っているのである。

翻って目の前の女性はどうか。

短いやり取りであったが、荷駄隊を率いているのが目の前にいる同年代――正確には自分より少し上程度――の少女であることは明白だった。

ではその少女の素性はどうか。

商人の娘？　はたまた士大夫の娘？　もしかしたら誰かの妻？

どちらにせよ涼州人ではない。長安かその近郊の人間だろう。そして弘農の人間のための荷物を抱えているということは、弘農の人間と繋がりがあるということだ。このような場所で、弘農に繋がりがある同年代の女性と出会える可能性がどれだけあるだろうか。

（これは、奇貨ってやつよ！）

狩りを行う際は、地元の人間から狩場の情報や獲物の情報を得なければ満足に行うことはできない。故に弘農にいるとある人物を獲物と定め、その獲物を痛い目に遭わせてやろうと意気込んできたものの、肝心要の狩場である弘農になんの伝手もない董白は「彼女の持つ情報はどのようなものでも千金に値するわ！」とさえ考えていた。

（暇つぶしができるだけでも十分だしね！）

どうやらこちらが本音らしい。

「ええっと……」

なにやら意気込む董白に対し、彼女の本音を知らない蔡琰はと、いうと。彼女は彼女で戸惑うふりをしながら必死で打算を働かせていた。

（ここに泊まっているということは、弘農に何かしらの用があるということ。さらにこの宿は安い宿ではないから、彼女たちにもそれなりの『格』がある。そして私よりも先に来ていたということは、私よりも先に使者を出しているということになるわ。さすがに尚書様や太傅様に繋がるとは思わないけど、それでも弘農に入る許可だけなら私よりも早く出るかもしれない。その場合便乗させてもらえば……）

一日でも早く荀攸や李儒と会うことができれば、その分だけ経費が浮く。何より長安にて王允に睨まれている父蔡邕の身の安全を考えれば、一刻も早く現状を訴えてその身命を護ってもらうよう嘆願する必要がある。

（そのためには利用できるものはなんでも利用する）

知識は力。情報も力。安売りするつもりはないが、そもそも商品は売らなければ意味がない。

「……ええ、私の知っていることであれば構わないわよ。その後でいいから貴女のことも教えてもらえないかしら？」

（ごめんなさい。この借りはいずれ返します）

頼る寄る辺を持たない蔡琰は些《いささ》かの罪悪感を覚えながらも、自分に【お話】をせがむ少女を利用することを決意した。

「わかったわ！　何でも聞いて！」

（よし！　一歩前進よ！）

（さすがですお嬢様！）

――少女たちが、この出会いが自分にとって得がたいモノであったことを知るのは、互いの素性を明らかにしたときのこと、つまりはこの直後のことであった。

少年と少女たちの出会い

「え？　董白殿は董卓殿、いえ大将軍閣下のお孫様なんですか!?」

「ふふーん！　そうなのよ！　今回はお祖父様の代理として来たのよ！　つまりお仕事なのよ！」

「ご立派です、お嬢様！　そしてまさかご令嬢様が蔡邕様のご息女様だったとは！」

「知っているの、王異？」

「無論です！　蔡邕様は議郎にして熹平石経《きへいせきけい》を揮毫《きごう》したことでその名を広く知られる御方ですよ！」

「へぇ。凄い人なのね！」

「ええ。父の娘であることは私の誇りです」

「うん。誇りに思える家族がいるのは良いことだと思うわ。私も御爺様のことを……」

「さすがですお嬢様！」

弘農郊外にある宿場町に造られた高級な宿の一室に於いて、家族の話で意気投合した少女たちがそれぞれの家族をネタにして会話に華を咲かせること早数刻。

「「ただいま戻りやした！」」

少女たちの華やかな時間に終わりを告げる破落戸の声が宿に響き渡った。

「あら？　今の声は貴女のお供の方かしら？」

「えぇそうね。んもう。あいつらったら、本当に無粋なんだから！」

同年代の同性との会話を楽しんでいた董白が頬を膨れさせて文句をいう中、李傕と郭汜が、彼女らが集まっていた部屋までやってくる。

（はて。何やら急いでいるような？）

基本的に涼州人は気が短い上に気が荒い。そんな連中が蔓延る董卓陣営であるが、李傕と郭汜はその涼州勢の中でもそこそこの礼法を修めている――そうでなければ董卓も弘農への使者に同行させない――ので、基本的に他人の迷惑となるような行動は取らないよう心掛けているはず。――尤も、董卓陣営に所属している人間の中に弘農の周辺で他人の迷惑になるような行動を取る馬鹿はいないのだが。

（何かあったのでしょうか？）

王異が内心で首を傾げる中、涼州を代表する破落戸その一こと李傕が現れる。

「お嬢！」

「ひっ！」

「あ？　誰だ？　まぁいい！　お嬢、大至急……「あ！　そういえば無事に帰ってきたってことは、李傕は牢には入れられなかったのね！　良かった良かった！　あ、郭汜は大丈夫？」……はい？」

遠慮なしに部屋に入ってきた李傕を見て（誰がどう見ても破落戸だなぁ）と思って苦笑いする王異と、あまりの破落戸っぷりに驚きと怯えで軽く悲鳴を上げる蔡琰。数刻前まで心の片隅でわずかながらに心配していたことが現実にならなくてホッと一息つく董白と、なぜいきなり牢が出てくるのかと話の脈絡のなさに唖然《あぜん》とする李傕。

「お嬢！　なんでもいいから支度だ！　急いでくれ！」

なんとも形容しがたい空気の中真っ先に動き出したのは、現時点で誰よりも状況を正しく理解している――妙に董白の機嫌が良い理由や、彼女と一緒にいる見慣れない少女については知らない――郭汜であった。

「支度？　なんの？」

妙に慌てている郭汜を見て、董白はこの破落戸はいきなり現れて何を言っているの？　と言わんばかりに首を傾げた。常であれば「だれが破落戸だ！」とか「アンタはその破落戸の大将の孫だろうが！」などと突っ込みをいれていたかもしれないが、今の郭汜にそんな余裕はない。その理由は一つ、貴人を待たせているからだ。

「謁見だよ、謁見。謁見の準備だよ！　アンタ、そのためにここまで来たんだろうが！」

「はぁ？　いきなりなにを言っているの？」

「おいおいおい！　いい加減にしてくれよ！」

「いきなり来てなによその言い草は！」

支度の理由を告げられてもなお呆けた顔をする董白に声を荒らげる郭汜。この場に董卓がいたとしたらぶん殴られても文句が言えない所業だが、今回に関してだけは、たとえこの場に董卓がいたとしても董白を諌めつつ郭汜を褒めただろう。

何故ならこの場にいるのは董卓の部下だけではないのだから。

「ふむ。涼州の方《かた》は即断即決を旨とする傾向にあるらしいですが、どうやら婦女子は違うらしいですな」

「誰よアンタ。っていうか子供？」

「『ひぃ！』」

「な、なによアンタら！　いきなり情けない声を出さないでよ！」

先ほど蔡琰が上げた悲鳴よりもさらに切実さを感じさせる悲鳴を上げたのは、もちろん李傕と郭汜である。突如として現れた見知らぬ人物を誰何《すいか》するのは董白としては当然の行為である。それが見たこともない少年なら猶更だ。それ自体は当然の行為なのだが、その誰何された相手の素性を知っている二人からすれば誰何すること自体が自殺行為だし、なによりその後に続いた言葉がまずかった。

「子供、ときましたか。貴女が言えることではないでしょうに」

「はぁ？　何よアンタ。さっきから偉そうにしちゃってさ。私が誰だか分かっているの？」

「『お嬢ぉぉぉぉ！』」

「アンタらは黙ってなさい！」

董白とて今の台詞《せりふ》が祖父の威を借る行為だとはわかっている。李傕と郭汜が慌てていることから、目の前にいる少年は弘農の関係者なのだということも薄々だが理解している。

無位無官に過ぎない自分が無礼を働くのは問題なのかもしれない。だが、それはそれとして董白は己の立場から目の前の少年に遜《へりくだ》ることを良しとしなかった。

「私は御爺様の、大将軍董卓から派遣された正式な使者なのよ！　アンタが何処の誰の子供なのかは知らないけれど、一介の文官ごときに舐められて堪るもんですか！」

使者の格とは使者を派遣した者の格である。自分が頭を下げるということは、彼女を派遣した董卓が頭を下げることと同義である。そうである以上、自分は大将軍董卓を上回る格を有している相手以外に頭を下げてはいけないのだ。

(さすがですお嬢様！)

王異は李傕と郭汜が揃って恐れおののく少年を前にしても尚、胸を張ってそう嘯いた董白に一条の光を見た気がした。もちろん錯覚だ。

「いかに覚悟を決めようと、空回りしていては滑稽なだけですな」

「……なんですって!?」

「しかし、空回りの小娘とて大将軍の使者を名乗った以上、一人の使者として遇するのが筋」

「こ、こむっ……」

「とはいえ相手は子供で、なおかつ娘、ですか。これは総じて半人前、か？　さてこの場合はどうしたものか」

「なっ！　なっ！」

自分が大将軍の使者だと明かしても態度を改めず、それどころか半人前と断定してきた少年に絶句し、怒りを募らせる董白。自分が【大将軍の孫娘】と名乗ったのであればまだわかる。偉いのは大将軍である董卓であって董白ではないからだ。

だが【大将軍の使者】を名乗った以上、然るべき扱いをするべきではないのか？

それこそ相手が子供だからと許していいことではない。

（この無礼。どう報いてくれようかっ！）

屈辱に震える董白だが、実のところこの場で熱くなっているのは彼女一人だけだった。

つい先ほどまで彼女と話していた蔡琰は、目の前に佇む少年の正体に当たりをつけていた。

（この方は董卓閣下の威を恐れていない。いいえ恐れる必要がないのでしょう。……私たちと同年代の少年で、武を売り物にしている涼州の将軍が慮り、大将軍を恐れない何者かの使者。それに該当する御仁は弘農に二人しかいない。そしてこの泰然とした態度は名家特有のもの、つまりこの方は……）

そして董白を支えるためにこの場にいる王異もまた、少年の正体に気付きつつあった。

（ここまで無礼を働かれてもお二人が動かないのは何故？　いえ、それどころか何か諦めたような表情をしている？　もしかしてこの方って。え？　いや、もしそうだとしたら……）

というか何故董白は気付いていないのか。たとえどれだけ偉い文官相手であっても、目の前で董卓を馬鹿にされたら真っ先に反応するであろう李傕と郭汜が一言も発さずに、それどころか『終わった』と真っ白に燃え尽きている様《さま》に。

「……無駄話をして師や御方をお待たせする方が無礼、か。最終的な判断は師にお任せしましょう」

「はぁ？　今更逃げようったってそうは……」「議郎、司馬仲達。太傅李儒様より大将軍董卓殿の使者を先導する役目を任されております」……はい？」

「太傅様と御方がお待ちです。取り急ぎ支度を」

「……はい？」

（やっぱり）

大将軍董卓の使者は偉い。それは間違いない。だが上には上がいる。例えばそれは、皇帝の教育係である太傅であり、皇帝その人である。

そして今ここに、その太傅と皇帝からの使者に対して喧嘩を売った少女がいるらしい。

（あ、ま、ど、ど、どうしよう）

ことここに及んでようやく自分が誰に喧嘩を売ったのかを自覚して顔を青褪《あおざ》めさせる董白。しかして現実は常に非情である。

「これ以上お待たせするのは不敬です。そこな従者。直ちに使者殿をお連れしなさい」

「は、はい！」

身分を明かした少年に付き人でしかない王巽が逆らえるはずもなく。いまだに機能を回復していない董白は王巽の手によって運ばれることとなった。

「で、そこな女性。もしや貴女は蔡邕殿が息女の蔡琰殿でしょうか？」

「は、はっ！　ご賢察の通り、蔡邕が息女の蔡琰めにございます！　この度は父への恩赦を賜りましたことを深謝申し上げますとともに誠に厚かましいこととは存じておりますが伏してお願いしたきことがございまして……」

「……お願いの内容に予想はつきますが、ここで話す内容ではありませんし、なにより私に言われても困ります。まずは尚書殿と太傅様に取り次ぎますのでご同行願えますか？」

「はっ！　ありがとうございます！」

（やった！　ありがとう董白殿！　貴女のことは忘れないわ！）

やんごとなき方から派遣された使者に無礼を働いた挙句強制的に連行されることとなった董白と、何もしなかったが故に期せずして最短で目的を果たせそうな状況を得た蔡琰。

このとき両者の浮かべていた表情は、文字通り全くの正反対であったそうな。

李儒と司馬懿と皇帝と

「蔡琰殿を唐后様付の女官に、ですか？」

「そうだ。あの方にも同年代のご友人がいた方が良い。なにより彼女には腐らせるには惜しい程の文才がある」

「文才」

司馬懿には欠片《かけら》もない才能である。それを有していると言われてしまえば、司馬懿に反論の余地はない。元々彼女の名を知る李儒としては荀攸から頼まれていたように史の編纂に携わらせても良いと思っていた。しかしながら、さすがにそれは一五くらいの小娘にさせる仕事ではない。同僚となる人間だって自分の仕事が馬鹿にされたと思うだろう。

そのためまずは地位の向上と実績を積ませる。文官として働かせるかどうかはその後の話だと結論付けた。そのための第一歩が皇后のお付きという立場である。

「もちろん、陛下がお手付きにしてくださっても構いませんよ？」

そのまま側室になればなお話は早い。蔡琰本人だけでなく、その父の蔡邕を始めとした蔡一族を取り込めるのだ。文官不足にあえぐ劉弁陣営にとってなによりの福音となるだろう。

「うぇ!?」

「ふむ。確かに側室については手つかずでしたな。思慮が足りず申し訳ございませんでした」

いきなり思ってもいなかった方向に話を振られた劉弁が驚くも、その隣にいる司馬懿は涼しい顔のまま頭を下げた。

「い、いらないから! 唐だけでいいから!」

「そうは言われましても……」

司馬懿の価値観からすれば皇帝が側室を娶らないのは良いことではない。

後ろ盾のない劉弁にとって子供は政略の道具となり得る貴重品だ。

故に、後継者争いに発展するほど多すぎても困るが、他家に降嫁させることができないほど少なすぎても困るのである。しかしそれは司馬懿の理屈。劉弁からすれば后など一人で十分。というか、今まで自分や母を見下してきた（むしろ、今も内心で見下している）連中の娘など傍に置きたくないし、なにより側室や女官が増えれば必然的にその世話役、つまり宦官が必要となってしまうではないか。宦官によって父を殺されただけでなく、自身も毒に冒された経験をもつ劉弁は宦官を傍に置きたいとは思っていない。それどころか宦官の存在を許容したくないとさえ考えていた。

よって劉弁は宦官が存在する理由となっている後宮の存在自体に否定的なのだが、その考えはこの時代の方式が許さない。

「我々も無理に後宮を作って多数の女性を抱えろと言っているわけではありません。ですが唐后様が妊娠したりした場合に他のお相手がいないと唐后様が嫉妬深いという風評を立てられてしまいます。もしくは太后様の教育が悪いと言われるかもしれません」

「うっ」

皇帝に忠義を誓うとか、皇帝こそ至上の存在と持ち上げておきながら裏で悪評を垂れ流すのが名家という連中である。また、后を数人持つのが当たり前の時代なので、その当たり前をしないと何か問題があるのでは？　と勘繰られてしまう。

そしてその問題を皇帝本人ではなく、后や、庶民出の母に向けるのも当然の話である。劉弁としても、何の瑕疵《かし》もない妻や母が馬鹿にされて面白いはずもない。

だからと言ってそう簡単に割り切れないのがこのくらいの歳の男子であるのだが。

「……李儒はどうなの？」

このままではまずいと思ったのか、劉弁は自分よりも年上で、かつまだ独身を貫いている李儒に矛を向ける。矛先を向けられた側はと言えば、急な話の転換に焦るかと思いきや、そんなことはなかった。悲しいかな李儒にそんな可愛げは無いのである。

「某に婚姻を結ぶ予定はありません。家は誰か適当な親族に継がせます」

「ええ!?」

驚きの新事実である。だが歴史を知る男、李儒からすればそれは当たり前の判断であった。

「某が家を持てば、権勢が強くなりすぎます。今は世が混乱しているので特定の人物に権力を集中させる必要がありますが、本来それは良いことではありません。陛下自身にとっても、某にとっても、です」

韓信が何故死んだか。蕭何《しょうか》の末路はどうだったか。張良はなぜ生き延びたか。

張良の子である張不疑はその権勢を危険視されて官位を剝奪され領地を奪われたのではなかったか。誰もが認める漢の三傑でさえそうなのだ。今でさえ陰で『何進の腰巾着が上手く董卓に乗り換えただけ』と噂されたり、その役職の多さと功績が釣り合っていないという声が一定数存在している李儒は、その辺りにも警戒が必要なのである。尤も、李儒の場合は官位を剝奪された時点で喜んで野に下るつもりなのだが、それと小人《しょうじん》の嫉妬を警戒しないこととは別問題なのである。

ちなみに司馬懿の婚姻に関しては家長である司馬防が決めることであり、そこに司馬懿の意思は介在しない。もちろん司馬懿が「どうしてもこの娘と婚約したい」と願い出れば司馬防も無下にはしないだろうが、今のところ司馬懿にそのような行動を取る予定はない。

つまるところ、三者の中で現在結婚云々が問題視されているのは劉弁だけだということだ。

「宦官を必要としない程度の人数、そうですな。五人ほどなら問題ないでしょう。百人も二百人も、なんなら千人単位で後宮にいれておきながら年に一度、いえ、最初に一度手を付けた後で二度と会わない娘が多数いるなどと言った状況を作るのはおやめください。側室同士の嫉妬を、ひいては帝室の崩壊を招きますので」

「し、しないよ、そんなこと！」

そんなことをしたのが、劉弁の父劉宏である。そのため当時の何皇后や王美人はかなりの嫉妬や悪意に晒されている。一般に王美人を殺したのは何皇后と言われているが、それとてどれだけ信憑性があるかわかったものではない。毒を用意したのも、毒を飲ませたのも宦官だし、なにより『王美人を殺した罪を何皇后に押し付けることができれば劉宏の寵愛は他の人間に移る』と考えた側室がいないと誰が言いきれるだろうか。それだけ女の嫉妬は恐ろしいのである。

尤も、劉宏以外でもほとんどの皇帝は似たようなことを行っているし、司馬懿の孫にあたる司馬炎の後宮には一万の女性がいたとさえ言われているくらいなので、劉宏の行いなどまだまだ可愛いものなのだが、そんなことは当事者にとってなんの慰めにもならないことであろう。

兎にも角にも、こうして蔡琰は、当人のあずかり知らぬところで立場を得ることに成功していた。このことを知れば彼女を弘農に送った蔡邕などは「これで憂いを残すことなく逝ける」と胸を撫でおろすことだろう。

ちなみに弘農には、もう一組客人が訪れている。言わずと知れた董卓の孫娘、董白である。

「彼女はどうなるの？」

「陛下が側室にしたいのであれば……」「しなくていいから！」「……そうですか」

あわよくば側室問題を進展させることができるのでは？　と思った司馬懿による誘導は、青少年の理性の前に失敗した。しかしながら、実のところ側室候補にしないとなると彼女の扱いはいきなり難しいものとなる。

「付き人とするには能力と格が足りません。女官が務まる性格でもありません」

文官の娘と違い、涼州の娘は後宮で大人しくできるような性格ではない。

というか、董卓の身内というだけで大半の文官が恐れ慄《おのの》いてしまうだろう。

番犬という意味では悪くないが、教育に悪い。司馬懿の偽らざる気持であった。

「彼女は唐皇后様のお客人扱いでよろしいかと」

悩む司馬懿に対し、李儒の判断は単純にして明快であった。

確かに李儒は自他ともに求める『働かざる者食うべからず』という精神の持ち主であるが、元服前の子供を働かせるような鬼畜ではないし、なにより彼女の分は祖父である董卓が働いている。それらの事情を勘案すれば、彼女とお付きの少女をお客さんとして扱うことになんら問題はないのである。もし働き手が必要だというのであれば、李傕と郭汜がいるではないか。経験豊富な将軍を使えるのであれば彼女らを客人として迎えてもお釣りがくるというもの。また、司馬懿は教育に悪いというが、それならそれで反面教師として役に立つ。

それになにより。皇后もそうだが、劉弁自身に色々な人間を見て欲しい。そう考えての判断であった。

「李儒がそういうならそれでもいいけど」

「私にも異論はございません」

董白のお客さん扱いが決まった瞬間である。

この決定により、今後ことあるごとに司馬懿から『無職』扱いされる少女が生まれることになった。

後日、この決定に加え、李傕らから董白が司馬懿と出会ったときのあれこれを聞かされた董卓は「助かった」と安堵の息を吐くことになるのだが、それはまた後のお話。

あとがき

初めましての方は初めまして。そうでない方はお久しぶりでございます。

例によって妄想を文章化してお目汚しをしているしがない小説家の仏ょもでございます。

前巻で漢帝国に嵐を巻き起こした反董卓連合は一旦終わりを迎えました。今巻からはそれらの後始末と、次なる戦に対する備えをするお話がメインとなります。

話の都合上、初登場の人物（それも女性）が多いのが特徴の今巻。彼女たちの役割を簡単に言えば、お話の解説役となります。

というのも、基本的に李儒は暗躍する人であり自分の策謀を語ったりはしませんし、彼の思惑を推察できる荀攸や司馬懿は元から知的な人たちなので細かい説明を必要としません。かといって荀攸や司馬懿が董卓陣営の武将たちに細かく説明するのもおかしな話です。

そんなわけで、今巻の主要な内容である政略や戦略について解説する役のような人物が必要となりました。それが彼女たちです。

史実における董白はこの時少なくとも一三歳以下でした。彼女は董卓の死後、他の一族と共に処刑されたと言われております。彼女の付き人として登場した王異は、この時代に於いて史実でも活躍していることが明確に記されている数少ない女性です。董卓らとの関係について明確な記載はありませんが、彼女が活躍した馬超の乱は西暦二一一年から二一三年くらいの出来事、つまり作中の時代から二〇年ほど後なので、そこから逆算して董白らと同年代と判断した結果、董白となんらかの接点があってもおかしくないと思い、このような扱いとなっております。

唐后は劉弁の妻です。実のところ劉弁と共に殺されていないことや、何進の死や董卓の入洛などの影響があって婚約でしかなかったという説もあるようですが、拙作では何進が死のうが董卓が洛陽に入ろうが劉弁の立場的に特に問題はないため、普通に結婚しております。

蔡琰は史実通りです。一七七年前後の生まれらしいので一九二年時点で一五歳。完全に同年代ですね。彼女は董卓の死後、父である蔡邕が王允に殺されたその年かその翌年に一度目の結婚をしています。そうかと思えば数年後に夫が死に、実家に戻ったところを何故か匈奴に拉致されてそこのお偉いさんの妾にされたそうです。ちなみに蔡家の実家は兗州陳留郡ですし、彼女の父である蔡邕は長安に住んでいたと思われますが、他の一族は彼が生きていたときから兗州に避難していたはずなので、彼女が帰ったとされる実家が誰の家なのかは定かではありません。そういった謎はありますが、ともかく彼女たちは年代的にもこの時代を生きた人たちですし、なにより史実に於ける董白や蔡琰が（もちろん唐姫もですが）些か以上に不遇だったので、お話の中でくらいは救われても良いだろうという作者の思想によってこのような扱いとなっております。

彼女たち以外に現れた人物と言えば、後に孫呉の礎を築く英傑、孫策ですね。彼は親友関係にあったとされる周瑜と共に、未だ健在である孫堅の下で牙を研いでいる最中となります。

その牙が向けられる先がどこになるのかは……今後の展開次第ですね。少なくとも、何があろうと史実のように袁術を頼ることだけはありません。

新たに登場した若い人物たち以外でも、様々な群雄が各々の思惑を胸に行動を開始しております。北では公孫瓚と劉虞といった史実の上では敵対していた両雄が手を組んでいたり、その両雄を利用して己の地盤を築いた袁紹が弱体化していたり、公孫瓚の下にかつて弟と呼んだ破落戸が訪れたりしています。東では根無し草だった曹操が確固たる足場を得たり、袁術率いる袁家が何やら蠢動しているなど、関東（汜水関の東を指す言葉）では戦国乱世の序盤にふさわしい混乱具合となっております。

また、一見董卓のおかげで安定しているように見える関中（函谷関の西・長安を中心とした一帯）の地でも水面下では様々な思惑が交錯しており、一筋縄ではいかない状態となっております。もちろんその南に位置する益州でも怪しい動きはございます。隣の荊州に座する孫堅がどのように動くかによって彼らの動きは変わるでしょう。

このように、東も西も南も北も、もちろん中央も荒れているのがこの時期の漢帝国です。この中で諸侯はどう生きるのか。読者様におかれましては拙作を通じてその一端を感じ取って頂ければ作者にとってこれ以上の喜びはございません。

それと、今巻より絵師さんが変わっております。これまで素敵なイラストを描いてくださいました流刑地アンドロメダ様には深く御礼申し上げますとともに、今巻からイラストを担当していただきますＪＵＮＮＹ様に厚く御礼申し上げる次第でございます。

最後になりますが、前巻に続き拙作の五巻を出すことを決意してくださったアース・スター様。前回以上に様々な苦労をしてくださった編集様。そしてネット上で応援してくださった読者様と、拙作をお手に取ってくださった読者様。その他、関係各位の皆様方に心より感謝申し上げつつ作者からのご挨拶とさせて頂きます。

ありがとう
ございました!
JUNNY《ジュンニー》

転生した大聖女は、
聖女であることをひた隠す
戦国小町苦労譚
即死チートが最強すぎて、
異世界のやつらがまるで
相手にならないんですが。
領民0人スタートの
辺境領主様
ヘルモード
～やり込み好きのゲーマーは
廃設定の異世界で無双する～
二度転生した少年は
Sランク冒険者として平穏に過ごす
～前世が賢者で英雄だったボクは
来世では地味に生きる～
俺は全てを【パリイ】する
～逆勘違いの世界最強は冒険者になりたい～
反逆のソウルイーター
～弱者は不要といわれて
剣聖（父）に追放されました～
毎月15日刊行!!
最新情報は
こちら!

もふもふとむくむくと
異世界漂流生活
メイドなら当然です。
濡れ衣を着せられた
万能メイドさんは
旅に出ることにしました
転生して
ハイエルフになりましたが、
スローライフは
120年で飽きました
駄菓子屋ヤハギ
異世界に出店します
ドイツ軍召喚ッ!
~勇者達に全てを奪われた
ドラゴン召喚士、
元最強は復讐を誓う~
偽典・演義
~とある策士の三國志~
生まれた直後に捨てられたけど、
前世が大賢者だったので余裕で生きてます
ようこそ、異世界へ!!
EARTH STAR
NOVEL
アース・スター ノベル

駄菓子屋ヤハギ
異世界に出店します
Dagas
gi Isekai Ni Shutten Shimasu
どこか懐かしい駄菓子が、
異世界でウケてます！
1巻の
特集ページは
こちら
EARTH STAR NOVEL
長野文三郎
イラスト 寝巻ネルゾ

「駄菓子屋」の能力を与えられて、異世界に転移した青年ヤハギ。ひとまず日銭を稼ぐために店を開くと、ガム、チョコ、スナックと何やら見覚えのある駄菓子が屋台に並ぶ。安くておいしいだけでなく、ステータス上昇、魔力回復、戦闘支援——いろんな効果のついた駄菓子は冒険者にウケて、一気に常連客が増えていく。売れるとレベルが上がり、レトロなおもちゃやゲーム台まで並び始め、駄菓子屋ブームが起きる中、指名手配中のヤンデレ魔女にも知らないうちに気に入られてしまい……!?

シリーズ好評発売中!!

EARTH STAR NOVEL

偽典・演義　5
～とある策士の三國志～

発行 ―――― 2023年5月15日　初版第1刷発行

著者 ―――― 仏ょも

イラストレーター ―――― JUNNY

装丁デザイン ―――― 舘山一大

発行者 ―――― 幕内和博

編集 ―――― 古里 学

発行所 ―――― 株式会社アース・スター エンターテイメント
〒141-0021　東京都品川区上大崎 3-1-1
目黒セントラルスクエア　7F
TEL：03-5561-7630
FAX：03-5561-7632
https://www.es-novel.jp/

印刷・製本 ―――― 中央精版印刷株式会社

ISBN 978-4-8030-1788-5